la vitesse sur la peau

Du même auteur

Pour la jeunesse

Holden, mon frère - **roman, L'École des loisirs, collection Médium, 2012**
Prends garde à toi - **roman, L'École des loisirs, collection Médium, 2013**
Le blues des petites villes - **roman, L'École des loisirs, collection Médium, 2014**
Banale - **roman, L'École des loisirs, collection Neuf, 2015**

En littérature générale

Si encore l'amour durait - **roman, Page à Page, 2000 / édition revue et corrigée, 2015/Pocket no 11557**
Tu vas me faire mourir, mon lapin - **roman, Page à Page, 2002/Pocket no 11558**
Push the push button - **roman, Page à Page, 2013 / édition revue et corrigée, 2016/Pocket no 12513**
Tout le monde est allongé sur le dos - **nouvelles, Page à Page, 2004/Pocket no 12850**
La fin du chocolat - **poèmes, Les Carnets du Dessert de Lune, Bruxelles, 2005**
Collier de nouilles - **nouvelles, Les Carnets du Dessert de Lune, Bruxelles, 2008**
L'éternité n'est pas si longue - **roman, L'Olivier, août 2010/Points (P2955), 2013**
Une faiblesse de Carlotta Delmont - **roman, L'Olivier, 2013/Points (P3199), 2014**
Dans son propre rôle - **roman, prix Landerneau Découverte et prix Orange du Livre, L'Olivier, 2015/Points (P4283), 2016**
Tombeau de Pamela Sauvage - **La Contre Allée, 2016**
Je respire discrètement par le nez - **poèmes et nouvelles, Les Carnets du Dessert de Lune, Bruxelles, 2016**
Le Zeppelin - **roman, L'Olivier, 2016**

Graphisme de couverture : **Olivier Douzou**
Photographie de couverture : © **Claire Fasulo**

www.lerouergue.com

doado

Fanny Chiarello

la vitesse sur la peau

rouergue

À Franck et Claire Fasulo

Je n'ai jamais su exactement comment c'était arrivé, j'ai entendu tant de versions différentes que j'ai fini par les oublier toutes. Assez d'histoires. J'ai beau me rappeler chaque détail de ce qui a précédé l'accident, ce qui s'est passé ensuite, hors de mon champ visuel, restera toujours aussi flou. Tu m'as accompagnée chez papa et nous nous sommes dit à la semaine prochaine. Je ne t'ai pas recommandé de faire bien attention sur la route, ce sont les parents qui répètent ce genre de choses aux enfants et non l'inverse. Tu souriais quand tu m'as fait signe au coin de la rue. Puis tu as tourné. Ensuite, je ne sais plus rien. J'ignore si tu as roulé paisiblement ou allègrement, si tu étais plutôt contemplative ou joyeuse, juchée sur ta bicyclette. Soudain, tout s'est arrêté, je ne sais pas pourquoi ni comment. Il y a tant de manières de poser un point final.

La première chose que j'ai faite après ta mort, c'est de me taire. Ensuite, j'ai enfourché mon vélo et remonté le boulevard Victor-Hugo sur la piste cyclable, aussi attentive que possible aux voitures garées en épi, quelques centimètres à ma droite. Je tâchais de repérer les phares qui s'allumaient au démarrage, faibles lueurs rouges dans le ruissellement doré du printemps. J'ai tourné dans la rue Arago. Là, le ferrailleur était perché sur un empilement de cadavres : machines à laver silencieuses, hublot grand ouvert, fours à micro-ondes éteints et squelettes de poussettes. Je suis descendue de mon vélo, j'ai mis la béquille, le ferrailleur et moi nous sommes regardés longuement dans les yeux, puis j'ai esquissé un demi-tour et je suis rentrée à pied. Après cela, plus jamais je ne me suis enfoncée dans la ville. Après ta mort, la troisième chose que j'ai faite a été de réduire mon univers à un périmètre étroit circonscrit entre la maison, le collège et le Jardin des Plantes.

Pour aller au Jardin des Plantes, de chez papa ou du collège, il faut emprunter la passerelle rouge qui enjambe le périphérique. En contrebas, les voitures, les motos et les camions filent comme s'ils étaient vomis dans un interminable râle toxique. Les panneaux bleus indiquant les grandes destinations sont si proches que l'on pourrait presque les toucher. De près, ils paraissent immenses, alors que depuis la route il faut plisser les yeux pour ne pas rater sa direction. Puis on descend sous une tonnelle végétale, on passe une grille étroite et on y est. Malgré le mur antibruit, un grondement menaçant flotte sans discontinuer sur le jardin. Étrangement, les gaz d'échappement ne masquent pas le parfum des plantes.

Aujourd'hui, sur terre, ce sont les plantes que je préfère. Les hommes sont des barbares et les animaux ne valent pas beaucoup mieux, sinon un chat qui n'a jamais eu besoin de chasser pour sa subsistance ne jouerait pas avec des souris, et on sait ce que « jouer » veut dire. Les plantes, elles, ne font de mal à personne, ce sont des victimes. Elles ne peuvent pas s'enfuir quand la hache ou la tronçonneuse s'approchent d'elles, quand un humain s'apprête à leur arracher feuilles et fleurs sans raison, juste pour s'occuper les mains.

Le soir, en sortant du collège, je reste parmi les arbres et les arbustes. Papa le sait désormais, il n'envoie plus la police à ma recherche quand je ne rentre pas directement du collège. Je ne lis pas, parce que les histoires, je l'ai déjà dit, j'en ai par-dessus la tête. Je n'écoute pas de musique. Je fais la plante, c'est tout, assise sur un banc, bras ballants. Papa dit que ça ne sert à rien. Je ne vais pas lui expliquer que rien ne sert à rien. S'il n'a toujours pas compris où nous finirons tous, quoi que nous fassions, que nous vivions assis, debout, couchés, en mouvement ou à l'arrêt, je ne peux rien faire pour lui.

Pendant les quelques semaines qui ont suivi ton enterrement, tout le monde s'est empressé autour de moi. Je pouvais presque entendre le professeur principal dire à mes camarades, la veille de mon retour, d'être bien gentils avec moi : « Vous savez ce qui s'est passé », d'un ton aussi théâtral que celui du croque-mort. Je le devinais comme si j'avais été là, les yeux écarquillés au milieu des autres élèves aux yeux écarquillés. J'imaginais parfaitement sa voix douloureuse : « Soyez bien gentils avec Elina. » Comme si la pitié des autres allait te rendre à moi. Elle me rappelait seulement que, devenue orpheline de mère en un crissement de pneus, j'étais du même coup devenue un monstre : une pauvre créature que la foudre avait choisi de frapper mais qui titubait encore.

Célia me parlait comme on parle à un proche dans le coma, pour stimuler son cerveau et lui faire croire qu'il n'est pas seul. Je l'écoutais sans ciller. Je ne tournais jamais la tête vers elle. Je ne faisais d'ailleurs pas grand-chose. En vérité, ça n'a pas beaucoup changé : une plante a plus d'activité que moi, elle fait des bourgeons, des fleurs, elle darde son parfum. Moi, je suis un bonsaï dans un tout petit pot, mes racines dociles se recroquevillent pour ne pas faire d'histoires.

Au début, Célia se sentait investie dans le rôle de la botaniste avec son petit kit à bonsaï. Elle ne me passait pas du Mozart mais me donnait des nouvelles du monde à voix basse pendant les cours. Des nouvelles du monde collégien, mais aussi du monde artificiel des stars, et du vaste monde avec ses attentats terroristes, ses catastrophes nucléaires, climatiques et humanitaires. Je les entendais. C'étaient des histoires, rien que des histoires. Si tu avais encore été en vie, le soir je t'aurais rapporté ces anecdotes et nous les aurions commentées sans fin. Mais tu n'étais plus là et ce n'était plus possible. Tant de choses ne sont plus possibles.

Il suffit de voir un serpent filer dans les herbes hautes d'un jardin pour ne plus jamais avoir envie d'y marcher pieds nus ; un serpent, ça coupe toute envie de gambader dans les herbes hautes. La mort ressemble à ce serpent, elle t'a enlevée à moi et du même coup elle m'a volé tout l'intérêt que je pouvais prendre à la vie.

Un jour, Célia s'est découragée. Elle s'est fait d'autres meilleures amies, a changé de place, et moi je suis restée au troisième rang avec un vide à ma droite. Bientôt, la chaise libre a disparu, mais je n'ai jamais décalé la mienne d'un millimètre. Après le divorce, je me demandais pourquoi tu dormais encore à la droite du lit, qui n'était plus ton côté puisqu'il n'y avait plus de côtés, au lieu de t'étaler au milieu. Quand Célia a gagné le premier rang, j'ai enfin compris pourquoi tu n'avais jamais profité de l'espace libre. Ma place du côté gauche de la table me rassure parce qu'elle a toujours été ma place. Elle l'était déjà quand tu étais encore là, et changer mes habitudes serait m'éloigner un peu plus de toi.

La migration de Célia m'a permis de recommencer, progressivement, à suivre les cours et à rendre mes devoirs. La solitude m'oppresse moins que la sollicitude. Je ne mets pas de cœur à mon travail mais je m'en acquitte, tout comme je continue à manger, à me laver et à me coucher le soir. J'ai conscience que ça ne sert à rien, mais tout le monde le fait alors moi aussi. Je n'ai pas envie de me révolter : ça non plus ne servirait à rien. Je me contente de n'opposer aucune résistance au mouvement général.

Par exemple, quand papa m'a emmenée voir une psychologue, je n'ai ni fugué ni protesté. Je suis montée sur le siège passager de la voiture, j'en suis descendue quand il m'a dit que nous étions arrivés, je l'ai suivi dans le grand bâtiment long et plat aux fenêtres étroites. Je n'ai pas mordu sa main quand il l'a posée sur mon épaule pour me guider comme si j'étais aveugle en plus d'être muette. Je me suis assise auprès de lui dans une salle d'attente. Il m'a demandé si je voulais l'un des magazines graisseux empilés sur la table basse et je n'ai pas bougé un muscle pour lui répondre. Puis une dame m'a demandé d'entrer dans son cabinet. Je l'ai fait. « Assieds-toi », m'a-t-elle dit avec un sourire triste qui valait une caresse dans les cheveux. Je me suis assise. Elle semblait aussi endeuillée que moi. Elle m'a demandé comment je me sentais. J'ai posé les yeux sur une reproduction de tableau accrochée derrière son épaule et je les ai laissés s'enfoncer dans l'image. La psychologue posait des questions. Je me suis mise à loucher, tant mon regard était fixe.

– Ton père pense que tu lui en veux de ce qui est arrivé à ta mère.

Alors lui, il se prenait vraiment pour le centre du monde. Tu venais de mourir et il ne se sentait pas hors sujet. Heureusement, il y a beaucoup de détails à observer sur la reproduction. Le tableau est de Raoul Dufy, et daté de 1929. Je suis sûre qu'il te plairait.

– Tu as l'impression qu'il l'a abandonnée ? Parce qu'il s'est remarié ?

Les chevaux sur la peinture ressemblent à ceux des courses mécaniques dans les fêtes foraines, des miniatures avec leurs petits cavaliers multicolores qui glissent sur le vert trop soutenu. Sur la toile, même les chevaux sont colorés. Deux sont rouges, un bleu, un vert. Les jockeys sont trop courbés, les chevaux trop étirés, ils semblent aller très vite et pourtant on ne les voit pas tout de suite parce qu'ils sont tout à gauche.

– Et toi, tu te sens abandonnée par ton père ?

Ce qui saute aux yeux, c'est une grande pelouse qui occupe les deux tiers de l'espace et sur laquelle on compte plus de chaises libres que de parieurs. Les chaises ne sont pas disposées dans un ordre précis mais dispersées. Elles apparaissent dans des cases de peinture beige, jaune ou corail. Ces zones pâles sur la pelouse éclatante donnent aux chaises un air fantomatique, comme si leurs occupants n'existaient plus.

– Ton père pense que tu aurais préféré qu'il soit victime de l'accident, plutôt que ta mère.

Je trouve étrange et triste que les spectateurs soient disséminés dans une ambiance un peu morose alors que les chevaux sont en train de franchir la ligne d'arrivée en peloton serré, si fiers de leur vitesse.

– Tu penses que si ton papa était resté auprès de ta maman, l'accident ne se serait jamais produit ?

La psychologue me prenait sans doute pour une idiote. Mais ça m'était égal, j'avais des problèmes plus graves que son image de moi. Après trois séances d'une heure, papa m'a demandé si je souhaitais continuer la thérapie. Mon regard s'est fixé juste sous l'horizon. Papa m'a demandé si je pensais que ça me faisait du bien de voir Mme Masse. J'ai commencé à loucher. Papa ne m'a plus jamais emmenée au centre médico-psychologique.

J'ai commandé sur Internet une reproduction du tableau de Raoul Dufy. Je n'ai trouvé son titre qu'en anglais, alors que Raoul Dufy était français : *Race Track at Deauville, the Start*. *Start* signifie départ, donc j'avais mal interprété la scène, les chevaux ne franchissaient pas la ligne d'arrivée. Ils en avaient pourtant l'air. Cette contradiction entre l'image et son titre m'occupe beaucoup. Quand je regagne ma chambre, le soir, j'étudie cette reproduction jusqu'à ce que le sommeil m'emporte. Dans un sens, Dufy mentait. Ou alors il s'est trompé. Le résultat est sans doute le même, mais pas l'intention, et cette nuance m'occupe beaucoup, elle aussi.

Hors du Jardin des Plantes, contempler ma reproduction de Raoul Dufy est l'activité qui remplit le plus ma vie. Mais indubitablement, mon activité principale est de végéter parmi les végétaux. Je le fais remarquablement bien. La preuve ? Personne ne m'a jamais abordée sur mon banc, pour me demander l'heure, mon prénom ou un mouchoir en papier. On n'aborde pas une plante.

D'habitude, au Jardin des Plantes, je reste toujours assise sur le même banc. Cet emplacement doit compliquer ma photosynthèse car il est abrité de la pluie comme du soleil par des feuillages très denses. Personne n'a jamais pris ma place sur ce banc, comme si une petite plaque à mon nom était vissée sur le dossier.

Quand j'étais petite, mamie m'amenait déjà ici et nous choisissions souvent ce banc. Nous regardions passer les gens, et mamie lançait des sujets d'élucubrations. Elle me demandait par exemple : « À ton avis, derrière quoi courent ces joggeurs en combinaisons fluorescentes ? » Nous imaginions les réponses les plus farfelues possibles à cette fausse question. Nos réponses devenaient des histoires alambiquées pleines de rebondissements. Je ne sais pas si nous t'avons parlé de ce rituel. Il t'aurait beaucoup amusée. Aujourd'hui les fausses questions me manquent, ces devinettes sans enjeu aux réponses inoffensives, qui ne prétendent pas élucider la vie et la mort. J'essaie parfois de m'en poser à moi-même.

Je le fais cet après-midi. À force de faire la plante, j'ai remarqué une chose insolite : ici, la majorité des joggeurs courent dans le sens des aiguilles d'une montre. Je me demande quelles conclusions mamie et moi pourrions tirer de cette curiosité, si elle était auprès de moi et si je parlais encore. Je joue toute seule à l'imaginer, comme si mamie était dans ma tête.

Ma fausse théorie préférée part d'un rapprochement avec les hôtesses de l'air. On dit qu'elles vieillissent prématurément parce que le temps passe plus vite en altitude. Je ne sais pas si c'est vrai, mais de toute façon je ne crois plus à la vérité, elle n'est qu'une souris entre les pattes des chats assassins qui peuplent la planète. Il n'existe que des inexactitudes auxquelles les gens décident de croire ou de ne pas croire. (Dans mon lexique personnel : **INEXACTITUDE** n.f. Affirmation à laquelle on décide de croire ou de ne pas croire, indépendamment de la vérité, qui n'existe pas.) Cette théorie sur les hôtesses de l'air est une inexactitude à laquelle je choisis d'accorder mon attention.

Parallèlement, je ne peux m'empêcher de penser que les gens commettent une erreur en courant dans le sens des aiguilles d'une montre. C'est comme s'ils accéléraient le temps, mettant toutes leurs forces en commun pour faire avancer plus vite la grande horloge du monde, depuis son centre, à savoir le Jardin des Plantes – du moins est-il désormais le centre de mon monde à moi. Mon parallèle n'a même pas l'air extravagant, il ressemble à l'une de ces inexactitudes dont je parlais. Je ne vois pas pourquoi les miennes seraient moins recevables que celles des autres, mes joggeurs valent bien les hôtesses précocement vieillies.

Je jette toujours un regard curieux aux rares coureurs qui défient le temps et courent à rebours de l'horloge. C'est ton cas aujourd'hui, je te vois passer d'un pas leste, si vive et légère que tu sembles à peine toucher le sol. Tout juste ai-je entraperçu ta silhouette que déjà tu disparais dans le couloir de verdure, le long du mur antibruit. Je bondis, arrachée à mon banc par une force que je ne pensais plus avoir, et je me lance à ta poursuite. « Maman ! » C'est le premier mot que je prononce depuis ta mort et je suis surprise par ma voix, surprise de la reconnaître sous la croûte d'enrouement. Elle me rappelle le temps où tu étais là, et soudain tout semble de nouveau possible.

Je cours aussi vite que j'en suis capable, en quelques secondes je souffle comme une locomotive à vapeur. Je vois une bribe de ton dos avant qu'un virage ne te dérobe à ma vue. J'essaie de courir plus vite mais ma sandale gauche se prend dans la racine d'un arbre et je m'étale durement de tout mon long sur la terre séchée du chemin. Des paillettes tournent autour de moi, nuée de moustiques argentés. Pendant plusieurs secondes, je n'arrive plus à respirer. Quand j'y parviens de nouveau, je me relève douloureusement. Inutile de courir, jamais je ne te rattraperai.

La meilleure chose à faire est de marcher dans le sens des aiguilles d'une montre jusqu'à ce que nos trajectoires se croisent.

Je reprends mon souffle en boitillant, indifférente à la brûlure de mes genoux écorchés. Rapidement, je n'ai plus de repères. Quand je quitte le couloir végétal, les quelques éléments du paysage que je reconnais, les bassins, les arcades et la serre équatoriale, se présentent sous un angle inédit, étrange, presque inquiétant. L'aventure commence vite, quand on s'est fait une vie de la taille d'un pot de fleurs. Bientôt, je ne sens plus que la peur. Est-ce la perspective de te revoir ou la crainte d'une déception qui me rend si fébrile ? La crainte de croiser une femme qui te ressemblerait mais ne serait pas toi ? Je ne saurais le déterminer. L'angoisse me suffoque. Est-ce vraiment toi que je viens d'apercevoir ?

Je ne suis plus un enfant. Quand papa m'a appris que tu étais morte, j'ai compris ce que ça signifiait, mais quelque part dans un coin de ma tête s'est cachée l'idée que tu allais revenir. Ce n'était pas rationnel. Peu à peu, la mort est devenue plus réelle : moins elle était contredite par ta voix, ton rire ou ton parfum, plus elle m'apparaissait irrémédiable. Mais l'espoir vient de ressurgir dans ma vie, plus puissant que jamais. Oui, je sais ce qu'est la mort, mais je crois aussi que tout est possible. Ta mort me l'a précisément appris, car avant qu'elle ne survienne un monde sans toi me semblait inimaginable.

Quand j'ai fait un tour complet du parc sans te croiser, je m'assieds sur mon banc, résignée. Tu as dû prendre l'une des trois sorties pendant que je te cherchais, il n'y a pas d'autre solution. J'aurais dû te poursuivre, abandonner mes sandales, pousser mon corps au-delà de ses limites, quitte à ne pas respirer pendant plusieurs minutes, quitte à me déchirer tous les muscles des jambes. Quelle idiote j'ai été. Si j'avais su, j'aurais crié de toutes mes forces, couru de toutes mes forces, j'aurais usé jusqu'à ma dernière corde vocale et jusqu'à mon dernier tendon pour te rattraper. Mais c'est trop tard maintenant. Je ne peux pas retourner en arrière. Sauf si…

Mes baskets sont presque neuves, tu sais que je n'ai jamais été très assidue en cours de sport. Quand, pour la deuxième fois de la journée, je franchis la grille du jardin, entre la passerelle de fer rouge et l'observatoire en brique jaune, j'adopte une petite foulée. Naturellement, je cours dans le sens inverse des aiguilles d'une montre. Comme toi. De toute façon, à supposer que tu sois revenue courir, ce qui m'étonnerait, tu me doubleras forcément de ton pas si souple et aérien.

Je dépasse mon banc quasi attitré, m'engouffre dans le couloir ombragé par la frondaison des arbres, qui s'embrassent au-dessus de ma tête. Tu as effleuré ces feuillages tout à l'heure, j'en ai le cœur fou. Je prends le même coude que toi, cette fois je ne tombe pas.

En courant à rebours du temps, hélas, je vais croiser tous ceux qui s'acharnent à le précipiter. Et pas une seule fois, mais deux fois par tour, c'est mathématique. Beaucoup trop à mon goût. Je fais comme si j'étais seule au monde. Quand une silhouette pantelante approche, je regarde mes pieds fouler la terre ou le gravier, les dalles en ardoise devant les portiques, ou je détourne la tête pour feindre d'admirer les bassins et les massifs de fleurs, le ballet des oiseaux entre les tilleuls au cordeau. Entre-temps, je suis plus occupée par mon paysage intérieur dévasté que par celui qui m'entoure.

Mon corps, en effet, est en proie aux catastrophes naturelles. Un brasier fait rage dans mon crâne. La banquise dérive dans mes poumons avant de s'immobiliser, prisonnière de ma cage thoracique. Au bout du premier tour, je me penche vers le mur antibruit et vomis dans les orties. Mamie m'a déjà dit que la course à pied abîme les genoux et la colonne vertébrale, mais elle ne m'a jamais parlé des intestins. Elle n'a mentionné que les os, pourtant les viscères crient leur révolte plus vite et plus fort qu'eux.

Je poursuis. Je ne cèderai pas. Je vais manger les kilomètres sous mes baskets comme je ravale les mots qui voudraient jaillir de moi, comme je dévore le silence. Avec rage. Je vais remonter le temps jusqu'à toi.

Je croise les pieds d'autres joggeurs, seulement le bas de leur corps. Je n'ai pas besoin de regarder leurs visages pour identifier les complices du temps, je ne leur ferai pas cette grâce. Il y a la veste verte attachée autour d'une taille épaisse, surmontant des mollets lourds au pas douloureux ; il y a six jambes fines et vives qui piaillent et rient très fort ; un jogging gris trop chaud pour la saison sur des baskets roses autour desquelles volette un chiot que l'on croirait croisé avec un papillon ; un collant satiné fluo devant lequel se balance le fil d'un casque ; de solides jambes velues dont les muscles roulent comme des yeux pendant un cauchemar ; quatre mollets malingres en caleçons moulants qui tendent à se tordre dans les anfractuosités du sol et s'annoncent par une respiration sifflante.

Il y a aussi deux marcheurs en orbite, à savoir quatre jambes de pantalons sur des chaussures qui s'achètent en pharmacie. Même si elles ne font que marcher, j'ai envie de leur demander : « Vous qui êtes de vieilles jambes (je le vois à vos chaussures), pourquoi abonder dans le sens du temps ? Avez-vous hâte d'en finir ? Pourtant vous avez l'air si bien ensemble, vous marchez si près les unes des autres. » Je me demande pourquoi elles ne me suivent pas dans le sens inverse. La troisième fois que je les croise, je ne peux m'empêcher de lever la tête. Je veux voir si les visages sont aussi tristes que les chaussures, aussi vieux et fatigués que leur démarche. Je suis bien surprise.

La dame est mince et légèrement voûtée, elle a des cheveux gris jusqu'aux épaules et un visage malicieux comme celui de mamie. Le monsieur est corpulent, il a des cheveux blancs rebelles et une barbichette de savant fou. Ils me sourient tous deux. « Bonjour », me dit la dame. Je lui souris. Et c'est déjà fini, la scène se déroule extrêmement vite malgré ma toute petite foulée. J'ai un sanglot unique et sec quand je me rends compte que j'aurais aimé répondre à la dame, et lui demander si par hasard elle ne t'aurait pas vue.

Au lieu de quoi je continue à courir, opiniâtre, maintenant pliée en deux vers la droite à cause d'un point de côté. Je vomis une deuxième fois.

– Tu respires mal, c'est pour ça.

Je cherche autour de moi l'origine de la voix. Un fauteuil roulant s'approche de moi dans le contre-jour, et quand il entre dans l'ombre d'une branche je distingue le visage d'une dame. Je l'ai déjà vue très souvent ici, sans vraiment lui prêter attention. Et voilà qu'elle m'explique comment je dois inspirer, uniquement par la bouche, puis me mime une expiration en trois coups secs. Elle me dit comment me tenir, comment poser les pieds au sol puisque même cela requiert une forme de technique. Elle me décrit les étirements et autres méthodes qui m'épargneront les courbatures.

– Tu as des questions ? conclut-elle.

Je cligne des yeux. C'est comme si un sourd-muet me montrait comment prononcer le *th* anglais. (En prenant cet exemple, j'oublie un instant que, moi-même, je suis muette, si l'on excepte mon *maman* un peu rauque de tout à l'heure.)

– Je courais quinze kilomètres tous les deux jours, avant d'apprendre que j'étais épileptique, dit la dame. L'ennui, c'est que je l'ai découvert au volant d'une voiture.

Ce disant, elle ouvre les mains au-dessus de ses jambes comme pour lâcher sur elles des poignées de confettis. Elle me donne l'impression qu'elle vient de s'asseoir dans ce fauteuil et qu'elle peut s'en relever d'une seconde à l'autre, à son gré. Je fronce les sourcils.

– A priori non, dit-elle. Sauf évolution éclair de la médecine, je ne devrais jamais recouvrer leur usage. Quant à savoir précisément quand c'est arrivé, je ne saurais pas te le dire. Je pourrais y réfléchir mais je ne suis pas sûre d'en avoir la force ni l'envie. Je t'avoue que j'ai cessé de compter. Comme si, sans mes jambes, je ne pouvais plus avancer avec le temps. Et toi, tu cours à rebours de lui, c'est courageux.

Décidément, cette journée finira par me faire douter de la réalité. D'abord je t'aperçois depuis mon banc, toi qui n'es plus de ce monde, ensuite je me mets à courir, et voilà que maintenant une dame lit dans mes pensées, une dame qui ne tiendra plus jamais sur ses jambes. Tout cela doit être lié. Essaies-tu de me transmettre un message à travers elle ? Ton esprit est-il en train d'habiter son enveloppe corporelle ? L'as-tu menée jusqu'à moi ? Vas-tu bientôt me parler par sa bouche ?

– Tu as l'air bouleversée, s'inquiète l'inconnue. Veux-tu t'asseoir ?

Je désigne mes pieds d'un coup de menton.

– Bien sûr, tu es venue ici pour courir. Va. Pense à ta respiration, puis dès qu'elle est devenue fluide, n'y pense plus du tout. Ne pense plus à rien et c'est ton corps entier qui respirera, et ton esprit avec lui : tu ne seras plus que le flux et le reflux de l'air dans tes poumons.

Je regarde ses jambes. Elle porte un pantalon en lin jusqu'aux chevilles malgré la chaleur de l'été. Quelles blessures cache-t-elle sous le tissu ?

– Tu peux courir pour moi, si tu veux bien.

Elle me sourit. Il y a de l'eau dans ses yeux et des étincelles électriques au coin de ses lèvres. L'alliance des deux me fait un peu peur, comme si elle risquait de s'électrocuter toute seule.

– Ne t'inquiète pas pour moi, dit-elle. Va. N'oublie pas de faire tes étirements quand tu auras fini, et de passer tes jambes sous l'eau glacée en rentrant chez toi, pour resserrer les vaisseaux sanguins.

Les muscles de ses bras nus saillent tandis qu'elle fait pivoter son fauteuil dans l'allée de tilleuls, puis elle s'éloigne sans hâte, sans se retourner. Quand mon cœur n'est plus affolé, que le point appuie moins fort sur mon côté, que mon visage cesse de brûler, la banquise de me glacer la cage thoracique, je repars. Concentrée, je compte : j'inspire profondément, lance trois petits ronds de souffle vers les feuillages, les épaules bien droites. Dix fois, cent fois. Puis je ne compte plus, je laisse le mécanisme s'enchaîner sans moi.

– Qu'est-ce qui t'est arrivé ?

Papa me fixe avec de grands yeux effarés. Je me tourne machinalement vers le miroir au-dessus de la commode et découvre mon visage rouge, luisant de sueur et quelque peu gonflé. Je hausse les épaules.

– Tu as fait du sport ?

Je regarde mes baskets.

– Tu as couru ?

Mon regard se pose sur le sien très brièvement, comme une abeille indécise ; c'est ma manière de dire oui. Je monte dans la salle de bains et prends une douche tiède. À la fin, je passe un jet glacé sur mes jambes comme la dame épileptique me l'a recommandé. Je me demande bien pourquoi il est préférable que les vaisseaux sanguins soient serrés. L'eau précipite des millions de minuscules fourmis dans mes veines. Pendant tant d'années j'ai abrité ces millions de fourmis sans même le savoir…

Quand j'entre dans la cuisine, affamée par l'effort, papa et Sandrine sont assis à la table. Ils se tiennent la main sous le bord de la toile cirée mais je le devine facilement. Par ailleurs, ils ont des têtes d'enterrement.

– Viens t'asseoir, mon lapin, m'invite papa d'une voix douce.

Je ne suis pas son lapin. Je m'assieds sur la chaise que me désigne son menton et je vide mes yeux de toute émotion avant de les diriger vers les siens.

– Nous savons, Sandrine et moi, que cette journée doit être très dure pour toi. Je te connais assez pour savoir que tu es sensible aux dates et je me demandais s'il y a quelque chose que nous pourrions faire pour te… enfin, pour que tu te sentes moins… Tu vois ?

Il bat des cils. Sandrine se caresse le ventre, dans lequel doit ruer mon futur demi-frère. J'espère pour lui que papa sera moins nul avec lui qu'il ne l'est avec moi. Je louche, les yeux perdus sur le calendrier des pompiers punaisé au mur.

– Peut-être as-tu envie de faire quelque chose de spécial pour marquer ce jour, reprend papa.

Quand j'ai le regard fixe, l'un de mes yeux reste bloqué sur un point tandis que l'autre dérive insensiblement, jusqu'à ce que je louche. À cet instant, mon œil mobile glisse sur la colonne de juin et soudain je comprends : aujourd'hui, ça fait un an que je ne t'ai pas vue. Contrairement à ce que pensent papa et Sandrine, je ne m'en étais pas rendu compte. Une plante n'a pas la notion du temps, son horloge biologique n'est pas celle des animaux ou des humains. Les animaux réclament leur ration à une heure précise, au collège les ventres commencent à crier un peu avant la sonnerie, mais si l'on oublie de l'arroser la plante s'étiolera sans bruit, sans rien réclamer. Il y a bien longtemps que je me laisse dépérir en silence. Un an.

– Elina chérie, dis-moi ce que tu voudrais faire ce soir, insiste papa.

Sandrine cligne des yeux. Je me lève de ma chaise et ouvre le réfrigérateur. Je ne mange jamais en même temps qu'eux : j'attends d'avoir très faim et je prends une boîte en plastique au hasard dans le réfrigérateur. Aujourd'hui, je ne saisis pas la première venue, je lis les étiquettes. Je choisis « Poulet-pommes de terre, 12 juin ». Je vide la boîte dans une assiette, place l'assiette dans le four à micro-ondes et la regarde tourner dans la lumière jaune. Derrière moi, papa et Sandrine sont immobiles et silencieux. De vraies statues. Je finis par les oublier.

Je ne remarque même pas le retour du son et du mouvement dans la cuisine. Je n'en prends conscience que quand papa me tend le téléphone en me disant que c'est pour moi.

– Ma chérie, dit la voix de mamie. Ce n'est pas trop dur aujourd'hui ?

– …

– Je me doute. Elle me manque tellement, à moi aussi.

Sa voix n'est pas fausse, ni mal à l'aise. Mamie dit les vraies choses sans détour mais sans cruauté non plus, et je lui en suis reconnaissante.

– Qu'est-ce que tu dirais de venir passer la soirée à la maison ? Nous pourrions regarder des photos, nous remémorer les bons moments. Au fond, je crois que ça me ferait encore plus de bien que de peine. Mais je ne t'en voudrais pas de ne pas partager ce sentiment. Si tu acceptes mon invitation, passe-moi ton père, et sinon, raccroche. Je ne t'en voudrai pas, promis.

Je tends le téléphone à papa, arrête le four à micro-ondes et verse le contenu à peine fumant de l'assiette dans la boîte en plastique « Poulet-pommes de terre, 12 juin ». C'était hier. Aujourd'hui nous sommes le 13, je le sais maintenant. Je range la boîte dans le réfrigérateur, lance un regard d'excuse à Sandrine et monte faire mon sac pour la nuit.

Mamie n'a plus que moi. Enfin, pas vraiment. Elle a plein d'amis, mais je suis sa seule famille puisque ses parents sont morts et toi aussi. À ton enterrement, elle a un peu parlé avec papy, mais ils ne se sont pas revus par la suite. Ça ne me semble pas bizarre. Après votre séparation, papa et toi ne vous êtes plus croisés que le dimanche soir, pour veiller au bon déroulement de mon petit déménagement hebdomadaire. Le mariage, c'est une forme soluble de famille. Sandrine me semble bête quand elle se colle à papa, on dirait Neil Armstrong quand il a planté le drapeau américain sur la Lune. La Lune n'appartient pas à Neil Armstrong, et Sandrine n'est même pas la première femme qui se colle à papa.

Sandrine : tu ne trouves pas que ce prénom fait serpent ? Pas uniquement à cause du *s*, il y a aussi ce *drine* qui fait sonnette à la fin comme la queue du crotale. J'ai détesté Sandrine pendant deux ans, mais depuis que tu es partie ça va mieux. Sans doute parce que tous les autres humains sont descendus à son niveau dans mon estime. Je ne dis pas qu'elle y est remontée, mais dans la masse elle me paraît presque neutre. Seule mamie n'a pas suivi le mouvement général vers le tréfonds de mon affection. Elle nous ressemble tellement. Ou, plus exactement, tu lui ressemblais, et moi je te ressemble. C'est une transmission, une forme non soluble de famille, que même la mort ne peut dissoudre.

Pourtant, ce soir, je me suis rendu compte d'une chose affreuse : je crois que tu ne me reconnaîtrais pas, si tu pouvais me voir de là où tu es maintenant. D'abord, j'ai perdu mes rondeurs parce que je ne prends plus de plaisir à manger. Je m'alimente, c'est tout. L'autre jour, j'ai même vidé une boîte en plastique de betteraves rouges. Tu m'imagines, moi, avaler des betteraves rouges ? J'ai aussi perdu le sourire, et tout ce qui te faisait m'appeler ta petite étincelle. Elle est éteinte, l'étincelle, maintenant que tu n'es plus là pour souffler sur elle ta fantaisie et ton amour de la vie. Au fond, je comprends pourquoi papa est parti avec Sandrine. Elle ne déborde pas de vie, elle, elle ne dépasse pas des petites cases dont a besoin papa. Et moi, je ne le fais plus non plus. Je me contiens. Je ne suis plus celle qui te ressemblait, et qui par ricochet ressemblait à mamie.

Ce soir, mamie m'a montré les photos de ton mariage avec papa, comme s'il était toujours d'actualité. Mamie n'en veut pas à papa de t'avoir brisé le cœur. Un jour, elle m'a dit que les adultes étaient compliqués, que personne n'y pouvait rien, pas même papa. Elle prétendait qu'il t'aurait sans doute fait plus de mal encore s'il était resté avec toi en pensant à quelqu'un d'autre. L'amour a vraiment l'air d'une chose stupide, comme un chien qui patine sur le carrelage quand il y a des visiteurs, parce qu'il ne sait pas sur qui sauter en premier.

J'ai trouvé bizarre de regarder les photos de votre mariage : de mon point de vue, elles sont quasiment des photos du Big Bang. Les photos ne s'autodétruisent pas quand les mariages se défont, ni quand les gens meurent. Je ne vais pas m'en plaindre. C'était tellement bon de revoir ton visage sur le papier brillant. Je n'avais pas regardé de photos depuis des mois.

Mamie et moi étions assises sur le canapé, l'album posé en équilibre sur sa jambe droite et sur ma jambe gauche, et elle a entouré mes épaules de son bras. Elle m'a embrassé les cheveux.

– Tu es sûre que tu ne veux pas parler ?

J'aurais sans doute pu le faire, comme je l'avais fait quelques heures plus tôt pour t'appeler, mais papa aurait vite appris que j'avais recouvré la parole et m'aurait accablée de questions. D'ailleurs mamie n'a pas dit « Tu es sûre que tu ne *peux* pas parler ? » mais « que tu ne *veux* pas », nuance. Je ne mentais pas vraiment.

Mon ventre, lui, a crié. Je ne me rappelais pas l'avoir entendu manifester quelque désir que ce soit, pas depuis bien longtemps. Se plaindre d'un inconfort, peut-être, mais émettre une réclamation, certainement pas. Mamie m'a préparé un de mes plats préférés : saucisse-purée. J'ai vu qu'elle avait les larmes aux yeux quand j'ai fait un cratère dans la purée pour qu'elle verse la sauce dedans, comme quand j'étais petite. Elle ne dénoncera auprès de personne ce geste puéril, d'ailleurs je me fiche de passer pour une petite. Je suis prête à tout assumer, c'est facile quand on est devenu indifférent à toutes choses.

– Tu sais, m'a dit mamie, il n'y a rien de tel que les amis. Enfin, quasiment rien.

Je ne voyais pas le rapport. Ni avec toi, ni avec le cratère de sauce.

– Si Lucie te voyait, elle me dirait : « Maman, il faut que tu convainques ce petit trésor de vivre. Il faut qu'Elina ait des amis et qu'elle s'amuse comme tous les enfants de son âge. Comme moi à son âge. »

Elle m'a montré une photo de toi le jour de tes treize ans, à ton goûter d'anniversaire. Sur la photo, des jeunes en pulls ringards s'esclaffaient et mangeaient des crêpes. Je t'ai reconnue au pétillement dans tes yeux. J'ai aussi reconnu le décor, le salon de mamie, qui n'a pas changé. Depuis l'époque de cette photo, papy est parti vivre ailleurs, tu t'es mariée, je suis née, le chien de mamie est mort, papy s'est remarié, papa t'a quittée, nous avons déménagé, tu es morte, Sandrine est tombée enceinte, mais à travers ces événements et tant d'autres que l'on ne m'a pas encore racontés, le salon est resté intact. Seul le papier peint a changé, mais tous les meubles sont au même endroit : la commode, le porte-revues, la table basse, les fauteuils, le guéridon, le divan sur lequel nous étions en train de regarder la photo. Ça m'a fait un drôle d'effet, comme s'il était possible de revenir en arrière et de tout rejouer. Parfois j'ai ce genre de fausses impressions, mais ensuite elles se dissipent et me laissent toute minuscule et impuissante, comme un moustique dans une tempête de sable.

Maintenant je suis assise dans le lit qui était le tien à mon âge, le couvre-lit en chenille d'un jaune doré remonté jusque sous mes bras bien qu'il ne fasse pas froid du tout. Toi aussi tu as dû suivre du bout des doigts les creux tout lisses entre les reliefs pelucheux. Mais imiter des gestes que tu as faits aux endroits où tu les as faits ne sert à rien : tu ne te penches pas sur moi pour embrasser mon front et me dire bonne nuit, une mèche de tes cheveux ne me chatouille pas le nez. Il n'existe aucun rituel pour te faire revenir. Un an déjà que tu es partie, et je me demande pourquoi je dis *déjà* alors que ça semble si long.

J'éteins la lumière. Je sais que je vais avoir du mal à m'endormir mais je ne lis pas pour m'y aider. Je ne lis plus jamais, moi qui me cachais sous ma couette avec une lampe de poche pour finir mon chapitre quand tu étais encore là. Je te racontais toujours les histoires que j'aimais, puis je t'expliquais pourquoi je les aimais. Ce soir, je compte toutes les choses que je ne peux plus faire, comme d'autres comptent les moutons, en espérant le sommeil.

Je ne m'attendais pas à de telles courbatures ce matin. Elles se sont manifestées dès mon réveil, et toute la journée le moindre mouvement m'a révélé de nouveaux muscles insoupçonnés. Chaque fois que j'ai monté ou descendu un escalier, chaque fois que je me suis levée, assise, accroupie, penchée, chaque fois que j'ai esquissé l'un des gestes les plus banals de la vie quotidienne, j'ai craint de ne pas pouvoir courir aujourd'hui.

Mais je lace mes baskets, glisse ma clé de la maison dans ma chaussette et me dirige vers le Jardin des Plantes. Souffrir dans les muscles me semblera plus doux que d'attendre en vain sur un banc. Pendant toute une année, je me suis contentée de regarder passer le temps, et les joggeurs qui couraient dans son sens pour le précipiter, m'éloigner encore un peu plus de toi. J'étais résignée. J'étais dévorée par la tristesse, dévorée à l'intérieur, à force je devenais aussi creuse qu'une tige de pissenlit. Aujourd'hui, je cours. Au début, j'ai mal aux cuisses et aux mollets, puis les muscles chauffent, ça fait une agréable brûlure, jusqu'à ce que la brûlure même parte en fumée.

Mes poumons me paraissent plus grands qu'hier, comme s'ils voulaient prendre tout le jardin dans leurs bras. Juste avant le portique en brique rouge, je passe sur un tapis d'aiguilles et l'odeur des pins plonge dans mes narines, alors même que je ne respire plus par le nez. Dans la clairière qui ressemble à un cirque antique, une odeur fraîche et pure m'évoque celle du muguet, pourtant je ne vois pas de fleur à proximité, d'ailleurs nous ne sommes plus au mois de mai. Du côté de l'observatoire flotte une odeur de sève poivrée dont je ne saurais déterminer l'origine. Ces parfums sont tendres, je me sens protégée par leur halo. Les plantes ont l'air de me parler à travers ces exhalaisons, comme pour m'apporter une consolation, même si je ne comprends pas leur langage.

Je cours maintenant le nez en l'air pour les saluer. Je m'aperçois alors de leur stupéfiante diversité. On dirait que quelqu'un a secoué très fort un container de graines, il y a des dizaines d'années, pour bien mélanger les essences végétales avant de les semer. J'imagine un Canadair qui, au lieu de répandre des tonnes d'eau sur un incendie de forêt, aurait lâché une nuée de graines sur la terre fraîchement retournée du futur Jardin des Plantes. Seule l'allée de tilleuls qui fait face aux bassins et aux arcades est régulière et bien sage. J'aime son parfum, un peu moins la sévérité de son tracé. Je préfère les entremêlements d'arbres variés.

L'un d'entre eux a de drôles de fruits en forme de lampions chinois, un autre des branches en forme de goupillons, un autre encore des espèces de tresses vert pâle. Quand je passe sous ce dernier, je caresse l'une des tresses pour éprouver sa texture. Je l'imaginais souple, mais elle est aussi dure qu'une pomme de pin.

– *Pterocarya fraxinifolia* : le ptérocaryer du Caucase.

Je reconnais la voix de la dame épileptique dans mon dos et fais volte-face. Je ne comprends pas comment j'ai pu ne pas la voir plus tôt, à savoir il y a un instant, quand je suis passée devant son fauteuil dans l'allée pourtant déserte. Peut-être était-elle cachée derrière ce livre qui est maintenant posé sur ses genoux. C'est pourtant un livre de petit format.

– La course à pied favorise la concentration et la contemplation. Tu avais la tête dans les arbres.

Je trottine sur place comme le font les vrais joggeurs aux feux rouges.

– Excuse-moi de t'avoir interrompue, dit-elle. Poursuis ton chemin. Et si tout à l'heure tu veux connaître d'autres noms de plantes, tu me trouveras ici même.

Elle se replonge dans sa lecture. Je m'aperçois que j'avais souhaité cette nouvelle rencontre. Mon cerveau l'avait rêvée à voix basse pour que je ne puisse pas l'entendre distinctement, mais il ne peut me cacher la force de son émotion. La joie éclabousse tous mes neurones. Désormais, cette inconnue est liée à toi, elle me semble annonciatrice de toi. Si demain elle devait préférer un autre parc à celui-ci et qu'elle disparaissait de ma vie, je me sentirais encore plus seule.

Mon parcours me mène de nouveau jusqu'à l'emplacement que s'est choisi ta messagère – un point quelconque du parc, sans rien autour, ni banc ni poubelle ni aucun aménagement. La dame a l'air perdue, comme un bateau que l'on verrait immobile sur une mer lisse et qui ne serait amarré à rien. Elle lève la tête vers moi et me fait un clin d'œil triste. A-t-on jamais vu quelque chose d'aussi bizarre qu'un clin d'œil triste ?

Chaque fois que je passe devant elle, je ramasse son clin d'œil au passage comme une vie bonus dans un jeu vidéo. Puis je m'arrête auprès d'elle.

– Tu peux faire tes étirements contre cet arbre, me dit-elle, la forme de son tronc en fait le meilleur support possible.

Je pose le pied gauche sur le coude que dessine le tronc, attrape ma basket du bout des doigts. Je n'aime pas tellement ça. Non pas tirer sur mes tendons mais érafler un arbre avec une semelle en plastique.

– Tu ne lui fais pas mal, me lance l'inconnue, il a l'écorce solide.

Je lève les yeux vers elle, effarée : comment peut-elle savoir si précisément ce que je suis en train de penser ? Lui souffles-tu les répliques ?

– Les gens qui perdent un sens ont tendance à développer les autres. Par exemple, les aveugles ont généralement une ouïe beaucoup plus fine que la nôtre. Et les gens qui perdent un membre continuent d'y sentir des démangeaisons – c'est ce que l'on appelle des membres fantômes. Je n'ai perdu aucun membre, seulement l'usage de mes jambes, mais j'ai développé quelques qualités… Tu pourrais presque les appeler des pouvoirs.

Si mamie était là, elle serait soufflée : la dame épileptique développe le même genre d'élucubrations que nous. Elle mixe la perte des sens et les membres fantômes comme je mixe les hôtesses de l'air et le sens des aiguilles d'une montre. Je trouve l'inexactitude qu'elle propose très convaincante.

– Je comprends des choses qui m'échappaient autrefois, poursuit-elle. Mon superpouvoir, c'est avant tout l'observation. Certains visages et certains corps sont plus expressifs que d'autres, ou peut-être suis-je plus réceptive à leurs expressions et gestuelles. C'est le cas avec toi. Je devine par exemple certaines de tes pensées, même si elles ne sont jamais tout à fait distinctes. Par exemple, je suis prête à parier que tu n'as pas perdu la voix mais seulement son usage. C'est ce genre de choses dont j'ai l'intuition depuis que je ne peux plus me servir de ce que je n'ai pas perdu.

J'abandonne mes étirements et la regarde verser une fois de plus des confettis invisibles sur ses jambes mortes. Nous avançons en silence. Nous n'avons pas besoin de nous concerter pour nous diriger vers mon banc attitré. Quand nous l'avons atteint, sans que j'aie esquissé un geste, elle s'arrête. Je m'assieds à ma place habituelle. C'est la première fois que je reçois quelqu'un en ce lieu qui est un peu chez moi.

Je lui désigne l'arbre bizarre dont les branches ressemblent à des goupillons.

– Lui, c'est *Araucaria araucana*, l'Araucaria du Chili. Il s'agit d'une espèce de conifère. Il est communément appelé le désespoir des singes.

Puis je tends l'index vers l'arbre à lampions chinois.

– *Koelreuteria paniculata*, dit-elle. En français, le savonnier. Ce n'est pas très poétique, mais il se trouve que la saponine utilisée en Asie pour faire du savon naturel se trouve dans son écorce et son fruit.

N'importe qui, doté ou non de pouvoirs, lirait sans difficulté le reproche que darde mon regard. Il dit à la dame : si vous aimez tant les arbres, comment pouvez-vous mentionner l'usage qu'en font les hommes ? C'est comme si j'attirais votre attention sur la beauté d'un animal et que vous me parliez du steak que l'on peut en tirer.

– Ne me regarde pas ainsi. Tu sais, je suis végétarienne. Ce n'est pas que je n'aime pas la viande, mais moi aussi, j'ai de l'empathie pour les autres espèces. Ainsi, j'ai toujours aimé les lapins, mais un jour je me suis rendu compte que je les préférais en vie qu'en civet.

Je frissonne à l'idée que, pour ma part, je mange des animaux morts. Quelqu'un se charge de les tuer à ma place, et je me sers de cette excuse pour me nourrir sans vergogne de leur pauvre dépouille.

– Si tu devais détester toutes les espèces qui se nourrissent d'autres espèces, il n'y en aurait pas beaucoup qui trouveraient grâce à tes yeux…

Je n'ai jamais prétendu que beaucoup d'espèces avaient grâce à mes yeux. J'ai même pensé très clairement que la végétale était désormais ma préférée. Je le répète, au cas où la dame épileptique serait en train d'user de son superpouvoir et de lire dans mon esprit.

– Oh, dit-elle.

Je hausse les épaules en guise d'excuse, bien que je n'estime pas avoir à m'excuser face à quiconque de ma récente misanthropie. Je le fais uniquement parce que la dame épileptique est la seule personne avec mamie qui ne mérite pas de la subir. Nous nous regardons dans les yeux et je sens que ma bouche frise d'embarras.

– Que s'est-il passé ? me demande doucement la dame en fauteuil. Pourquoi rejettes-tu les autres ?

Je secoue doucement la tête. Je lui suis reconnaissante de s'intéresser à mes états d'âme, mais je ne suis pas encore prête à me confier. Je parle suffisamment avec les yeux et les bras. En trois jours, je me suis déjà tant éloignée du silence végétal : il ne faut pas trop en demander.

Ce dimanche matin, je me lève la première. Je me passe la tête sous l'eau, enfile un short, un T-shirt, lace mes baskets et glisse la clé de la maison dans ma chaussette. Je marche péniblement jusqu'au Jardin des Plantes, les jambes douloureuses. Bientôt les muscles seront chauds et je me sentirai plus forte que mon corps : je lui montrerai qui décide. Ce ne sont pas des tendons qui vont me dire ce que je peux ou ne peux pas faire, ni m'empêcher de remonter le temps vers toi. En attendant, je me contente de poser un pied devant l'autre.

Dès que je passe la grille, mon pas se mue en petite foulée. Au premier virage du chemin, je reconnais la vieille dame aux cheveux gris et son mari le savant fou. « Bonjour ! », me lancent-ils à distance. Je leur souris. Ils pensent peut-être que je cours depuis longtemps et que le souffle me manque pour leur répondre de manière plus audible. Bien que j'aie mis dans mon sourire autant de mots que je le pouvais, je me sens impolie et je suis surprise que ça ne me soit pas égal.

Aux dernières nouvelles, à peu près tout m'était égal, à part peut-être mamie, dans mes meilleurs moments, et plus récemment la dame à travers laquelle tu tentes de me parler.

Elle, je ne l'aperçois nulle part et je dois reconnaître que j'en suis déçue. Tout en courant, je tâche de me rappeler si pendant cette longue année au Jardin des Plantes je l'ai vue tous les jours sans exception, ou seulement de temps à autre. À force de chercher, je finis par voir des roues de fauteuil derrière chaque fourré, dans mes souvenirs autant que dans l'instant présent. Mais dès que je dépasse le fourré, je vois bien qu'il n'y a pas de fauteuil derrière lui. Et ce qui dans mes souvenirs m'apparaît comme une roue de fauteuil n'est en fait, je suppose, que le désir d'une roue. Je me rends à l'évidence : je ne peux pas savoir si ton émissaire est dans mon périmètre depuis que tu es partie, puisque pendant un an je n'étais pas tout à fait là. Mon banc était une espèce de consigne manuelle, à laquelle je déposais mon corps pour laisser mon esprit errer dans le néant.

Je fais quatre fois le tour du jardin. Je suis tellement absorbée par mes réflexions que je ne vois pas le temps passer. Chaque fois que je finis un tour, je me dis que peut-être la dame épileptique ne va plus tarder ; que si je tiens encore un peu, je lui laisserai le temps de faire son entrée dans le décor. Au bout du quatrième tour, je déclare forfait. Je reviendrai cet après-midi, en tenue civile. Je marche jusqu'à la maison. Dans ma tête, il n'y a qu'un manque. Pas de douleur. Seulement un trou. Toute la douleur est localisée dans mes jambes.

Quand je rentre à la maison, papa et Sandrine prennent leur petit déjeuner dans la cuisine en écoutant les informations à la radio. Je me verse un verre d'eau glacée.

– Tu es bien matinale, ma chérie, remarque papa. Tu es allée courir ?

Monsieur est observateur. Je ne regrette pas de ne plus parler, ça m'évite au moins de dilapider les mots comme le font la plupart des gens. Ils emploient des phrases pour d'autres, comme quand ils demandent « Ça va ? » au lieu de tout simplement dire « Bonjour », alors qu'ils se moquent de la réponse. S'ils s'en souciaient, ils ne me poseraient pas la question, puisqu'il est assez évident que non, ça ne va pas. Le simple fait de s'adresser à des individus qui ne sont pas susceptibles de répliquer prouve qu'ils ne s'intéressent pas vraiment à eux. Ils ne font que brader le langage.

– Tu es contente d'aller chez mamie cet après-midi ?

Je reste paralysée, le verre en suspens. J'avais oublié que mamie m'attendait pour le goûter. Mais dans ce cas, je ne verrai pas la dame épileptique, et si je la néglige, peut-être sera-t-elle vexée, peut-être boudera-t-elle le Jardin des Plantes, et alors je n'aurai plus aucun espoir d'entrer en contact avec toi. Je me tourne vers papa en affichant ma mine la plus expressive, mais il ne sait pas lire sur mon visage, alors même qu'il le connaît depuis quatorze ans. Je quitte la pièce et m'enferme dans la salle de bains.

Quand je sors de la douche, j'ai pris ma décision. Je vais mentir à mamie, mais je le fais pour toi. Parce que quelque chose d'impérieux qui te concerne, toi, m'appelle ailleurs aujourd'hui. J'écris sur un petit papier : « Dis à mamie que j'ai des règles douloureuses. » Papa le lit plusieurs fois comme s'il comportait un message crypté de la plus haute importance.

– Veux-tu des cachets, mon lapin ?

Je ne suis pas son lapin. Je lui décoche un regard désinvolte qui veut dire non, et je retourne dans ma chambre. J'attends, pour me rendre au Jardin des Plantes, que papa et Sandrine soient partis en voiture (ils prennent la voiture pour aller se promener au parc : typiquement adulte).

En boitillant vers mon but, je me surprends à penser que le trajet serait moins pénible à vélo. Ensuite je m'imagine coudre mes lèvres avec une très grande aiguille et un fil épais, comme si j'avais proféré une énorme bêtise. Je n'ai fait que la penser, mais pour être coupable il n'est pas nécessaire de commettre le mal, il suffit de l'envisager. Je voudrais coudre les lèvres de mon esprit pour éviter de te trahir. Plus jamais je ne monterai sur un vélo, je te le promets. Je me suis formulé le souhait de le faire parce que mes muscles endoloris rendent chacun de mes pas si fastidieux, mais c'est comme quand on dit, par exemple, « Plutôt mourir que de manger des betteraves rouges ».

Si l'alternative se présentait vraiment, on mangerait les betteraves rouges. Mes mollets peuvent bien me porter jusqu'au Jardin des Plantes.

La dame épileptique m'attend près de mon banc.

– Je ne suis pas venue ce matin pour ne pas perturber ton footing, me dit-elle. Hier, j'ai regretté d'avoir rompu le fil de ta concentration avec mes noms latins. Je t'ai fait perdre tout le bénéfice de la course. Tu n'as pas été perturbée par mon absence, j'espère ?

Je hoche la tête.

– Dommage… Tu sais ce que tu devrais faire ? Tu devrais courir en musique, ça créerait une bulle autour de toi.

Je n'ai pas écouté de musique depuis un an, comme si je voulais imposer dans l'air qui m'entoure le silence de mon esprit. Je ne m'en suis pas fait un principe, de même que je n'ai pas choisi délibérément de ne plus parler. Je ne devrais pas, logiquement, me sentir coupable de réintroduire la musique dans mes oreilles.

– Tu n'en écoutes jamais ?

La dame épileptique tend le buste vers moi, les yeux écarquillés.

– Pas en ce moment ? Je préfère ça… Dis, tu voudrais bien pousser un peu mon fauteuil ? J'ai des ampoules plein les mains, à force de mouvoir ces roues. Je pourrais demander un fauteuil électrique, naturellement, mais ce serait renoncer à toute forme d'exercice physique. Je le refuse. Cependant, aujourd'hui, une promenade à tes frais ne me déplairait pas.

Je m'exécute. Le poids du petit véhicule me demande beaucoup d'efforts ; sans doute la terre du chemin n'y est-elle pas pour rien. Une brûlure darde dans mes poignets et mes bras. Elle me fait un peu oublier les courbatures dans la partie inférieure de mon corps. Une plante qui se réveille, s'étire et s'ébranle soudain ne le fait pas sans craquer de partout comme un vieil escalier. Quand nous pénétrons dans le couloir végétal, la vieille dame aux cheveux gris et son mari le savant fou nous apparaissent, des fougères à mi-cuisses.

– *Filicophyta*, annonce Mme Botanique depuis son fauteuil. Quant à eux, murmure-t-elle, ce sont Isaac et Nanette Keperlée, les célèbres astrophysiciens. Bonjour, monsieur et madame Keperlée ! s'écrie-t-elle à leur intention.

– Bonjour, Violette ! répondent-ils en chœur.

Violette ? À croire que ma compagne était prédestinée à tutoyer les végétaux et à partager leur sort immobile…

– Ils ont découvert beaucoup d'étoiles, reprend-elle sur le ton de la confidence, et même une exoplanète. Ils travaillaient ensemble, à l'observatoire que tu peux apercevoir d'ici, derrière *Picea abies*, l'épicéa commun. Depuis qu'ils ont pris leur retraite, ils étudient les plantes qui poussent à l'ombre de l'observatoire. Ils s'intéressent tout particulièrement aux fougères, qui sont les dinosaures du règne végétal. Certaines espèces existent depuis quatre cent millions d'années.

Les Keperlée aiment ce qui traverse le temps : ils ont si longtemps vécu dans l'intimité des étoiles, qui peuvent vivre jusqu'à cinquante milliards d'années…

Notre promenade m'absorbe totalement, jusqu'à ce que mon ventre commence à grogner.

– Veux-tu que nous prenions un goûter ? me propose Violette.

Je souris de plaisir à cette idée, mais brusquement je ne souris plus du tout. Je voudrais prendre ce goûter avec toi, crois-moi, toi et personne d'autre. Je te promets que je ne prendrai pas de plaisir à manger des viennoiseries avec cette inconnue.

– Que se passe-t-il ? s'inquiète Violette.

Elle ne peut donc plus lire dans mon esprit ?

– Je te l'ai dit, certaines pensées sont trop obscures pour que je parvienne à les déchiffrer.

Je secoue la tête en reculant pour dire que je ne peux pas rester, que je ne lui en veux pas et qu'elle ne doit pas m'en vouloir non plus, que ce n'est ni sa faute ni la mienne. Elle n'aurait pas dû me proposer de prendre ta place. Je trébuche sur une racine d'arbre, reprends mon équilibre et gagne la sortie du parc d'une démarche accablée. Quand je franchis la grille du jardin, je pense à la longévité des fougères et des étoiles. Je pense à la tienne. Trente-neuf ans, une spore de fougère, une minuscule poussière d'étoile.

Mamie me regarde avec un sourire narquois.

– Le paracétamol a fini par faire effet ?

Je hausse les épaules pour lui suggérer que je ne suis pas d'humeur à plaisanter, puis j'entre dans la maison sans attendre qu'elle m'y ait invitée. Il est un peu tard pour le goûter, sans doute, mais mamie se soucie autant que nous des protocoles. Nous pouvons manger du gâteau à l'heure de l'apéritif, aucune fonction biologique ne s'y oppose. Pendant qu'elle prépare le thé dans la cuisine, j'examine son étagère de CD comme je le faisais souvent autrefois. J'étudie les pochettes qui m'intriguent, replace certains boîtiers sur leur rayonnage et en pose d'autres sur la table basse du salon, jusqu'à obtenir une petite pile, près de laquelle mamie pose son plateau.

– Pour les emporter, tu prendras un sac en tissu que j'ai justement mis de côté pour toi. Il devrait te plaire. Je vais le chercher.

J'entends son pas mal assuré dans l'escalier. Elle pose d'abord le pied gauche sur une marche, puis le pied droit auprès de lui, avant d'attaquer la marche suivante. Quand je pense qu'elle aussi devait sauter une marche sur deux quand elle avait mon âge, ça me donne envie de m'allonger par terre. Sous le canapé, par exemple. Comme un animal malade. Je suis malade, au fond du ventre, j'ai un trou dans lequel toute la tristesse du monde s'engouffre. Parfois, il n'y a d'autre solution que de m'allonger par terre, écrasée par tant d'affliction.

Les pas de mamie font craquer le plancher du premier étage. Je les suis jusqu'à la buanderie, puis de retour à l'escalier, puis de marche en marche, une à la fois, avant de retrouver le carrelage du rez-de-chaussée.

– Regarde, ma petite chérie.

Mamie brandit un sac en tissu rectangulaire sur lequel est imprimé une espèce de robot avec un grand œil et un petit œil. Il n'a qu'une tête, ni bras ni jambes. Il s'agit d'un robot très minimaliste et guère souriant. Assez ringard, en fait.

Je cligne des yeux.

– Il ne te plaît pas ? Pourtant tu aimes la musique…

J'étends le cou.

– Oh, Elina ! Tu ne sais pas ce que c'est ?

Je tortille la bouche.

– Suis-je bête ! Tu es bien trop jeune pour avoir connu les cassettes audio. Avant ta naissance, vois-tu, nous écoutions la musique sur un support semblable à celui-ci. La musique était enregistrée sur une bande magnétique qui se déroulait ainsi entre les deux bobines.

Elle mime le mouvement de rotation sur le sac, comme les présentateurs de la météo montrent les anticyclones. J'écarquille les yeux.

– Ça te semble sans doute étrange, mais dis-toi bien que tes enfants ne sauront pas ce qu'était un CD. Pour eux, la musique n'aura pas plus de support matériel qu'un chant d'oiseau.

Mamie a cette manière poétique de présenter les choses les plus triviales, aussi triviales qu'un fichier informatique. Je prends le sac et j'ébauche un sourire.

– Ça alors ! Je n'avais rien vu d'aussi lumineux sur ce visage depuis bien longtemps…

Je hausse les épaules, embarrassée.

– Lucie t'a transmis le don de la vie, ma petite chérie, imagine comme elle serait déçue si elle voyait ce que tu as fait d'un si beau cadeau dès qu'elle a eu le dos tourné. N'aie pas honte de sourire, bien au contraire.

Je range ma sélection dans le sac en tissu.

– Je te montrerai de vraies cassettes, la prochaine fois que tu viendras. Il faudra juste que je les retrouve dans le capharnaüm du grenier. Le grenier, je t'avoue que j'ai tendance à le négliger un peu.

Je laisse échapper un rire. Il roule sur mes cordes vocales comme une étamine sur une brise légère. Mamie a toujours été désordonnée. Les anecdotes que tu me racontais à ce sujet étaient parmi mes préférées, je te les réclamais souvent alors même que je les connaissais déjà par cœur. Comme celle-ci : pendant les vacances de février, quand tu avais mon âge, papy, mamie et toi avez dû vivre une semaine entière avec des bouchons d'oreilles parce qu'un réveil à piles sonnait de manière ininterrompue dans la maison, sans que vous parveniez à le localiser. Vous n'avez pu revivre normalement qu'une fois les piles usées. Plusieurs années plus tard, en cherchant désespérément sa brosse à cheveux, mamie avait retrouvé le fameux réveil dans un service à fondue.

– Moque-toi de ta vieille grand-mère, acquiesce mamie. Et bois ton thé avant qu'il ne soit froid.

Sur le chemin du retour, je pense encore au réveil à piles et un détail de l'anecdote me revient en mémoire. Un soir, cette semaine-là, papy vous a invitées à dîner dans une cafétéria pour que vous puissiez discuter tranquillement, sans vos bouchons d'oreilles. Il y avait un groupe de jeunes gens très bruyants à la table d'à côté. Mamie est allée se poster devant eux et leur a dit : « S'il vous plaît, pourriez-vous être un peu plus discrets ? Nous avons perdu notre réveil depuis quatre jours et nous essayons d'avoir une vie de famille. » Les jeunes gens sont restés bouche bée. Je ne sais pas si les choses se sont vraiment passées ainsi mais il me plaît de le croire.

Les seules histoires qui me manquent aujourd'hui sont celles que tu me racontais. Je souris en me les rappelant. Je peux encore entendre ta voix se déformer à l'approche de la chute, filer dans les aigus. Ces rires que nous avons partagés sont des petites cabanes que tu as construites autour de nous et qui me protègent.

– Tu as moins mal, ma chérie ? m'interpelle papa.

Mon père n'est toujours pas capable de repérer mes mensonges même quand le mot MENSONGE clignote dessus en lettres lumineuses. Je me penche vers l'entrebâillement de la porte et le vois assis au bord du canapé, ses pantoufles entremêlées à celles de Sandrine sur la table basse. J'entends la musique idiote d'une publicité. Comment peut-on regarder la télé quand le printemps inonde la ville ? Curieusement, je ne méprise pas Sandrine et papa, ils me font mal au cœur. Je regarde leurs pantoufles comme des indices de leur fragilité. J'oublie de me rendre désagréable. Je me contente de secouer la tête pour répondre que non, je n'ai pas mal. Puis je monte dans ma chambre.

J'écoute au casque les CD que j'ai empruntés à mamie. Je n'ai pas envie de lire l'émerveillement dans les yeux de papa. Il se sentirait obligé de demander : « Tu écoutes de la musique ? » J'ai eu mon compte de mots pour rien aujourd'hui. Alors j'écoute les albums en cachette, et chaque fois qu'un morceau me plaît je l'ajoute à ma liste de lecture.

Ce soir, mes jambes font le travail sans que je leur accorde la moindre attention, non plus qu'à tout le reste. Je n'ai même pas besoin de compter pour savoir que j'ai fait cinq fois le tour du parc quand je décide de m'arrêter.

– Sept kilomètres, annonce Violette.

Bonjour à vous aussi, je réponds intérieurement, mais elle ne le devine pas parce que je souris. Qu'est-ce qui mesure sept kilomètres ?

– Tu viens de parcourir cinq boucles d'un kilomètre virgule quatre, ça fait un total de sept kilomètres. Tu progresses vite.

J'aurais dû établir un barème dès le début, établir le temps gagné au kilomètre couru dans le sens inverse des aiguilles d'une montre. Je fais du calcul mental en étirant mes jambes. Imagine que je remonte une minute par kilomètre, il faudrait que je coure plus de cinq cent mille kilomètres pour arriver jusqu'à toi. Près de neuf mille si je gagne une heure par kilomètre. Plus facilement (en termes de calcul tout autant que de muscles), un peu plus de trois cent soixante-cinq si je gagne un jour par kilomètre, mais il ne faut pas rêver.

– As-tu senti que la musique t'aidait à te concentrer ?

Je hoche la tête.

– Tu as fait une belle pointe de vitesse, à un moment. Je me demande ce que tu écoutais.

Je n'ai pas souvenir d'avoir accéléré.

– Tu me montres ton lecteur ? Je vais essayer de le deviner. Voyons… Andante con moto du trio pour piano et cordes de Franz Schubert, lit-elle à voix haute. Andante con moto de la *Sinfonietta* de Leoš Janáček. Andante con moto des *Quatre ballades* de Johannes Brahms. Andante con moto de la *Symphonie italienne* de Felix Mendelssohn. Andante con moto du quatuor à cordes *La Jeune Fille et la Mort* de Franz Schubert. Mais… tu collectionnes les andante con moto ?

Je bats des cils.

– Tu ne t'en étais pas rendu compte ?

Je cesse de battre des cils.

– C'est encore plus inquiétant.

J'écarquille les yeux.

– Un andante con moto est une partie d'une composition musicale. *Andante* veut dire posément et *con moto*, avec mouvement. Autrement dit, ce sont des mouvements qui doivent être joués avec, euh, mouvement.

Je pince les lèvres.

– J'admets que ce n'est pas très clair. Disons plus simplement que ce sont des musiques plutôt mélancoliques avec, le plus souvent, des envolées très chargées en émotions, quand ce n'est pas en désespoir.

Je hausse les épaules.

– En tout cas, tu serais mûre pour la psychanalyse. Ne le prends pas mal, mais une demoiselle qui a renoncé à la parole et se fait un chapelet d'andante con moto – que dis-je, un chapelet ? une couronne mortuaire… Une demoiselle qui écoute *La Jeune Fille et la Mort* en faisant son jogging…

Elle ne finit plus ses phrases. Quant à moi, je sens le côté gauche de mes lèvres se pincer.

– Quel âge as-tu ? Treize ans ?

Je fronce les sourcils.

– Quatorze ? Pardon. Cette sélection est terriblement mélancolique. Tu ne voudrais pas te la réserver pour plus tard ? Tu es une adolescente. Une adolescente danse toute seule dans sa chambre en écoutant de la musique trop fort. Elle attend que ses parents soient partis faire les courses, sinon ils lui diront que ce n'est pas de la musique. Dès qu'ils ont tourné au coin de la rue, elle agite les bras en l'air sur ses hymnes de rébellion. Voilà ce que fait une adolescente.

Je bondis sur mes pieds.

– Non, je ne te dénie pas le droit d'être atypique. Je ne prétends pas non plus détenir la vérité, ni avoir la recette de l'épanouissement, ce n'est pas ça, mais…

Elle s'interrompt et sa tête tombe sur son épaule. Mon pouls se précipite : est-ce un malaise ? Que faut-il faire ? Je m'approche en agitant les mains comme si je m'étais brûlée mais je vois ses paupières battre sur ses yeux fixes. Elle est donc en vie. Le sang a déserté son visage, ses lèvres sont bleutées, son teint pâle, et l'absence de sourire fait ressortir des ridules au coin de ses lèvres et de ses yeux. Sa tête pivote lentement vers moi.

– Pardonne mon arrogance : qui suis-je pour te dire ce que tu dois faire ? Regarde-moi, je suis rivée à ce fauteuil pour toujours. Je ne pourrai plus jamais courir. Elle baisse la tête. Je suis un monstre, je ne mérite pas de vivre.

Comment peut-elle proférer de telles horreurs ?

– Je ne parle pas de mon handicap, ajoute-t-elle. Il y a autre chose… Quelque chose de bien plus abîmé en moi que mes jambes.

Je me penche pour tenter d'attraper son regard, mais il se dérobe comme un débris de coquille dans du blanc d'œuf. Je m'agace de ma propre impuissance. Il serait temps de me racler la gorge et de poser une question. Pour une fois, il n'est plus question de toi et moi, plus question de ma douleur mais de quelqu'un qui souffre aussi, face à moi, sans que je sache pourquoi. Quelqu'un dont j'éprouve la réalité. Il m'apparaît soudain que j'ai fini par oublier l'épaisseur des gens qui m'entourent. Je regarde la tête de cette femme pendre sur son épaule et j'ai l'impression de voir en relief pour la première fois depuis très longtemps. C'est intimidant d'être soi tout cru face à un autre vivant.

– Pardonne-moi, je ne devrais pas t'imposer mes états d'âme. Je ne suis pas quelqu'un de bien.

Je proteste de toute ma gestuelle, bien qu'au fond je n'en sache rien. Je n'ai que des intuitions.

– Je me suis montrée égoïste. J'ai souhaité que tu coures à ma place, et qu'en plus tu le fasses à ma manière. Mais tu n'es pas là pour absorber ma tristesse et ma frustration. Tu as tes propres raisons de courir, je suppose. Tu les connais ?

J'acquiesce.

– Je courais parce que je n'ai jamais su danser. La vitesse remplaçait la grâce qui me faisait défaut, elle me permettait d'être en phase avec la musique.

Mamie et moi n'avons jamais envisagé cette hypothèse au cours de nos élucubrations, pourtant elle m'apparaît d'emblée comme une évidence. Tant de fois j'ai roulé très vite à vélo pour épouser la puissance qui déferlait dans mes écouteurs.

– À ton âge, j'avais toujours le même genre d'images en écoutant mes chansons fétiches. Je regardais les immeubles les plus hauts qui m'entouraient et je me voyais danser sur leur toit. Parfois même, il y avait des gens qui dansaient avec moi. Je ne distinguais pas leur visage mais, dans mes rêveries, ils étaient mes amis et nous représentions l'humanité entière. Le lyrisme peut rendre un peu mégalomane…

Je peux le comprendre. Quand je roulais très vite à vélo pour suivre une musique, il me semblait toujours qu'elle descendait directement du ciel. Moi seule l'entendais mais elle devenait un courant d'air qui traversait le monde et sur lequel je glissais. J'étais privilégiée.

– Il est très important de danser, poursuit Violette.

Toi et moi, nous avons toujours dansé, à la moindre occasion. Un jour, nous étions au supermarché quand les haut-parleurs ont diffusé une chanson des Mamas & Papas que tu adorais. Tu as lâché le Caddie et nous avons exécuté, au milieu du rayon céréales, la chorégraphie que nous avions mise au point à la maison, dans le salon. Nous étions parfaitement synchronisées, dans un flou de boucles blondes et de taches de rousseur. Nous étions une équipe, le grand modèle et le petit modèle dans leurs robes à motifs. Je crois que tu portais des pois, et moi des fleurs, ou peut-être l'inverse.

– Mon idée de la liberté, c'est cela : danser au sommet des constructions humaines en levant les bras. Les églises ont des flèches, qui sont les mains tendues de la foi vers son dieu ; les paratonnerres plongent le bras dans le ciel pour défier la foudre ; et pour moi, danser consiste à narguer la mort. Quand on y pense bien, il n'y a pas de sens à mouvoir son corps au rythme d'une musique, de même qu'il n'y a pas vraiment de sens à vivre s'il faut ensuite mourir. Eh bien, je trouve juste de répondre à l'absurde par l'absurde.

Le vaccin ne fait pas autre chose : il t'inocule un peu du poison qu'il veut combattre. La danse est un vaccin contre la mort.

Je m'agite.

– Bien sûr, qu'il est efficace ! Pas quand on est mort, mais rien ne fait plus effet quand on est mort. Mais tant que l'on est en vie, mon vaccin aide à ne pas trembler dans l'ombre de la mort, il la tient à distance avec superbe.

Je baisse les yeux sur la gangue de mon corps et déplore qu'il ne puisse recevoir le vaccin. Moi aussi, je manque de grâce.

– Bien des fois, mon casque sur les oreilles, j'ai gesticulé sur le toit de l'immeuble dans lequel je vivais avec mes parents. Plus tard ça ne m'a plus paru approprié. Quand on vieillit, il y a tant de choses que l'on n'ose plus faire. On ne laisse plus les araignées se promener sur la paume de sa main. On se sentirait ridicule de se trémousser sur le toit des bâtiments. Un jour, soupire Violette, on finit par perdre tout ce qui compte. Je suis devenue un végétal respectable, alors que mes mains vides auraient tant de choses à jeter vers le ciel.

Violette est moins affranchie des convenances que tu ne l'étais. Elle a tort, car le jour où nous avons dansé au supermarché, le vigile n'est pas venu nous dire de quitter le magasin, il ne s'est rien passé de grave. Danser n'est pas interdit, et ce n'est soumis à aucune limite d'âge. Je suis triste pour Violette, qui n'a même plus la course à pied pour lui tenir lieu de liberté. Si je cours pour elle, est-ce que ça m'empêchera de courir vers toi ? Est-ce que les formules deux en un n'existent que pour les dentifrices et les shampoings ? Violette ne menace pas ta mémoire, elle ne t'efface pas. Tu n'es pas moins présente dans mon esprit depuis que je la connais. Au fond, elle me conseille ce que, toi-même, tu me conseilles par l'intermédiaire de mamie : de vivre comme tu vivais à mon âge. Tu dansais toute seule dans ta chambre, je suppose, quand tu vivais chez mamie ?

– Toi, qu'est-ce qui t'a tellement abîmée, si jeune ? Quelle a été ton épilepsie ?

Je ferme les yeux, serre très fort les paupières, et soudain les hypothèses que je refoule depuis un an se mettent à déferler dans mon esprit, chapelet d'histoires sans certitude ni fondement. Je ne sais pas si Violette les lit en moi ou si elle n'y parvient pas.

Une voiture te coupe-t-elle la route, tournant sans se soucier que tu ailles tout droit, sans se soucier que tu existes ni que, par sa faute, tu cesses d'exister ? Le véhicule arrive face à toi et feint d'ignorer que le feu est vert pour toi aussi, de l'autre côté du carrefour que tu traverses. Il est vert pour toi aussi, même si tu n'as pas de carrosserie pour te protéger mais seulement une petite robe à fleurs bleues et jaunes. La loi est la même pour tous les objets roulant dans le centre des villes mais la voiture, dans sa robe de tôle, se sent supérieure à ton vélo. Ou alors elle arrive derrière toi, te dépasse comme on enjambe une sauterelle, sans même s'en rendre compte, puis tourne à droite et te fauche comme une sauterelle. Sans même s'en rendre compte.

Ou bien le conducteur fait-il un bref arrêt à un stop ? Il peut se pencher pour vérifier qu'aucun véhicule n'arrive à droite, et redémarrer sans avoir jeté un regard à gauche parce que la perpendiculaire est à sens unique. Devant le pare-chocs passe une piste cyclable mais les automobilistes prennent souvent les pistes cyclables pour des dépose-minute. Celui-là n'y prête pas plus d'attention qu'à un moustique écrasé sur un coin du pare-brise, il ignore la piste cyclable sur laquelle tu roules. Les fleurs bleues et jaunes de ta petite robe ne sont pas assez criardes pour attirer son regard.

Ou alors l'automobiliste n'aime pas la chanson qui passe à la radio, ou il attend un appel, ou il remarque une pièce de cinq centimes tombée sur le tapis du côté passager. La rue est à sens unique alors il ne risque rien, se dit-il, à se pencher pour changer de station, attraper son téléphone ou ramasser la pièce de cinq centimes. Il se penche dans sa voiture qui roule à quarante ou cinquante kilomètres-heure dans la rue à sens unique. Certes une piste cyclable longe la rue, mais un moustique écrasé sur un coin du pare-brise n'attirerait pas plus l'attention du conducteur qu'une petite robe à fleurs bleues et jaunes. Ce sont de toutes petites fleurs.

Ou encore l'automobiliste ouvre la portière de sa voiture sans s'assurer que personne n'arrive derrière lui. Une chose est sûre, c'est qu'il n'y a pas de voiture, un bref coup d'œil dans le rétroviseur suffit à l'en garantir. Ce n'est pas une petite robe à fleurs bleues et jaunes, surgie d'un angle mort, qui risque de blesser l'automobiliste ou d'arracher la portière de sa grosse voiture, mais plutôt la robe qui risque de voler par-dessus la portière, un minuscule soleil fleuri.

À moins que l'automobiliste ne sorte d'une place en épi. Il se tourne un peu vers la fenêtre arrière droite, pas plus que nécessaire puisque de toute façon, si un véhicule arrivait, une traînée de couleurs lui sauterait au coin de l'œil. Un vélo en petite robe, bien sûr, c'est différent.

Quand je rouvre les yeux, il se passe beaucoup de choses : Violette m'observe avec inquiétude, des étoiles argentées volettent tout autour de moi, et des larmes coulent de mes yeux. Violette prend ma main dans la sienne. Elle ne dit rien et son visage non plus. Elle ignore que ces larmes sont un miracle : elles ont presque un an de retard.

L'andante con moto de *La Jeune Fille et la Mort* est sans doute ce que j'ai entendu de plus triste dans ma vie, pourtant vers la fin il y a un passage exaltant qui me soulève et me transporte. À cet instant, les mesures s'envolent dans ma tête, aussi précises et puissantes que si j'avais mes écouteurs dans les oreilles. Maintenant je sais sur quelle musique j'ai couru très vite tout à l'heure. Je le fais une nouvelle fois, intérieurement, tandis que mon amie et moi restons assises côte à côte avec l'immobilité de statues.

M. Saumure s'assied au bord de son bureau et laisse le menton plonger vers son thorax. Je vois la peau de son visage tirée par la gravité. Personne dans la classe ne suit le cours, à moins que, vraiment, personne ne sache qui a écrit *Le Grand Meaulnes*. Si Violette ne m'avait pas rappelé l'épaisseur des êtres humains qui m'entourent, je ne serais pas sensible à la détresse morale d'un professeur. Ce matin, le nôtre me fait assez mal au cœur pour que je lève la main.

Les boules de papier mâché s'arrêtent en plein vol, les souffles se suspendent. Tout le monde m'observe. J'ai peur que les yeux de M. Saumure ne roulent hors de leurs orbites. Comment vais-je m'y prendre pour lui donner la réponse qui rendra l'élasticité à ses joues ? J'écris le nom Alain-Fournier sur une feuille volante. La classe se rendort avant même que M. Saumure ne m'ait remerciée, déçue que mon retour aux affaires se fasse sans le son. Aujourd'hui, j'aurai au moins été un non-événement.

– Pourrai-je vous parler à la fin de l'heure ? s'enquiert M. Saumure.

Mon épaule gauche répond que je n'y vois pas d'objection, mais qu'il ne faut pas attendre grand-chose de moi. Cette épaule en dit sans doute plus que ne peut décrypter mon professeur. À vrai dire, je n'aurais pas levé la main tout à l'heure si je n'avais pas perdu de vue le fait que tout le monde ne sait pas, comme Violette et mamie, lire sur mon corps et mon visage.

Quand la meute remuante de mes camarades a évacué la classe, M. Saumure et moi nous faisons face, bras ballants.

– Elina, ce qui s'est passé aujourd'hui me semble important. Je suis très heureux que tu te sois manifestée. Je l'aurais été même si tu avais répondu Hervé Bazin. Moins, mais heureux tout de même. Sache que je suis là si tu as besoin de… t'exprimer. Et mes collègues, je te l'assure, en diraient autant à ma place. Tu peux compter sur chacun d'entre nous.

Je cligne des yeux deux fois et quitte la classe avec un soupçon d'amertume : vous tirez un adulte d'une mauvaise passe, et il est prêt à vous livrer aux autorités. Je ne veux pas que mon retour sur la scène scolaire soit officiel. Je ne veux pas que papa l'apprenne. Je ne veux pas de ses questions, de ses paupières tombantes, de ses mots doux. Je ne suis pas son lapin.

Quand je pousse la porte du bâtiment B, j'aperçois Célia au milieu du préau. Elle me sourit, avance à ma rencontre.

– Bonjour Elina, dit-elle. Je ne veux pas t'ennuyer mais seulement te dire que ça m'a fait plaisir de te voir participer au cours de français. Je n'aime pas m'imposer alors je te laisse tranquille, mais si un jour tu as envie de compagnie, je suis là. D'accord ?

Je hoche la tête et tâche de sourire. D'une part, je me sens un peu assaillie, je n'étais pas préparée à tant de sollicitude dans le même quart d'heure. D'autre part, je m'aperçois que je continue d'exister aux yeux des autres alors que je faisais la morte depuis si longtemps, et ça ne m'est pas désagréable. Célia pose la main sur mon bras et le frictionne légèrement, comme s'il y avait de la craie sur la manche de mon gilet. Le geste est maladroit mais j'en comprends l'intention. Mon nez picote.

Je rentre à la maison avec une sensation que je n'avais pas éprouvée depuis bien longtemps : cette sensation de plein dans le ventre que procure la vie parmi les autres. Ce n'est pas un plein complet, même pas un demi-plein, mais il y a quelque chose dans ce ventre, quelque chose qui gargouille de vie, et c'est déjà ça. Je le dois à M. Alain-Fournier, à M. Saumure et à Célia, mais, avant tout, je le dois à Violette. Je me dépêche de passer ma tenue de sport. Pour la première fois, je ne marche pas jusqu'au Jardin des Plantes mais je cours tout le long de la route, et quand je franchis la grille je cours encore plus vite et à plus grandes enjambées. Je m'aperçois que j'ai oublié mon lecteur de musique à l'instant où je vois Violette, à proximité de la serre équatoriale.

– C'est parfait, dit-elle, je t'ai justement apporté quelque chose.

Elle ouvre un sac posé sur ses genoux et en extrait un volumineux appareil de type moule à gaufres.

– C'est un Walkman. Tu sais ce qu'est une cassette audio ?

J'acquiesce en levant légèrement les yeux au ciel, comme si je l'avais toujours su.

– Eh bien, ceci est un lecteur de cassettes audio, avec un bon vieux casque d'époque.

La mousse de ce dernier crisse sous mes doigts. J'ouvre le lecteur et y découvre effectivement une cassette semblable au robot imprimé sur mon nouveau sac en tissu. Elle porte une étiquette, sur laquelle il est écrit : *Cocteau Twins + Hymnes variés*. Je referme le clapet du baladeur. Que dois-je en faire ?

– Tu as des poches, dit Violette.

Je le sais bien. Mais qui court avec un fer à repasser dans la poche de son short ?

– C'est bien de ta génération… Quand j'avais ton âge, tout le monde faisait son footing avec une brique de ce genre et trouvait fantastique que ce ne soit pas un parpaing. En plus je t'ai concocté une cassette qui te mettra des ressorts dans les chevilles. Ce sont mes hymnes de jeunesse. Je ne les avais pas écoutés depuis bien plus de vingt ans, et grâce à toi, le temps de constituer cette compilation, j'ai retrouvé un peu de ma révolte. J'ai levé le poing, faute de pouvoir danser ou courir à toutes jambes.

J'appuie sur un bouton et les bobines se mettent à tourner très vite.

– Non, ne fais pas ça ! Je l'avais réglée de manière à ce que tu commences par ma préférée.

Elle me reprend l'enclume des mains et appuie plusieurs fois sur des boutons différents, qui émettent de gros déclics de plastique.

– Voilà, dit-elle, j'ai retrouvé le bon endroit. Tu ne connais pas vraiment les cassettes audio, dis-moi ?

Je rougis.

– Tu ne peux pas passer d'une plage à une autre sur ce type de matériel, tu ne peux que rembobiner, en avant ou en arrière, à tâtons. Tu sais ce que rembobiner signifie ?

Je hoche la tête. Je ne mens pas du tout puisque je rembobine le temps quand je cours vers toi, dans le sens inverse des aiguilles d'une montre.

– Au bout d'un moment, tu n'as plus besoin de jouer avec les boutons lecture, stop, avance et retour rapides pour savoir si tu as atteint la chanson que tu souhaites entendre. De même que, quand tu deviens une joggeuse endurcie, tu finis par estimer tes temps de course sans devoir consulter ta montre, et par évaluer d'instinct les distances parcourues.

Tout cela semble très approximatif, mais quelqu'un qui ne croit plus à la vérité ne devrait pas s'offusquer de pratiquer cette science doublement inexacte qui consiste à courir avec un Walkman. Je glisse l'appareil préhistorique dans ma poche, pose le casque sur mes oreilles et reprends ma foulée. J'enclenche la cassette.

C'est comme ouvrir une brèche dans un barrage sonique. Les mètres cubes de décibels balaient tout sur leur passage, vidant le jardin de toute sa population. Il n'y a plus que nous, ceux que j'aime et moi-même, réunis dans mon esprit. Nous arrivons dans le sillage des guitares saturées, avec du vent dans les cheveux et des vêtements amples comme l'est à cet instant ma respiration. Nous avons trouvé des trous de chien dans le grillage, nous affluons de partout pour dévaler les pentes du jardin et rencontrer là, dans les guitares et le vent, le sens d'être en vie. Je danse avec tous ceux que j'aime : il y a mamie, Violette (debout sur des jambes solides), il y a Célia, et bien sûr il y a toi et moi, des brins d'herbe dans les cheveux. Même papa et Sandrine se joignent à nous. Ça ne me dérange pas, je suis heureuse de voir leurs pantoufles racler la terre battue. Je ne sais pas vraiment pourquoi, mais je suis heureuse de voir les astrophysiciens, Isaac et Nanette Keperlée, se joindre à nous. C'est comme un générique de fin sans fin, où je verrais défiler le nom de tous ceux qui me sont chers.

Je saute d'un bond léger une flaque si profonde que le printemps ne l'a pas encore asséchée. Ce faisant, je lève les bras en l'air. Ils retombent en même temps que moi, en même temps que mon regard tombe sur

Violette, qui s'empresse de cacher son visage derrière un livre. Ses épaules sont secouées, d'émotion ou de rire, je ne saurais le déterminer. Je m'exerce à l'art du rembobinage : je décide que je ne passerai pas à l'hymne suivant tant que je n'aurai pas entendu celui-ci une centaine de fois. Je l'ai écouté douze fois quand je m'arrête, essoufflée.

– C'est ma préférée aussi, me répète Violette, fière comme si elle était l'auteur de la chanson. Tiens, ce sont les paroles.

Elle me tend une feuille pliée en quatre. Elle a recopié les paroles à la main, d'une écriture soignée. *Summerhead* de Cocteau Twins.

– Le début est parfaitement compréhensible, bien qu'il y ait un doute sur le verbe du premier vers.

My dreams zoom / end (?) with us

Mes rêves s'agrandissent / s'achèvent (?) avec nous.

– *To zoom* peut aussi vouloir dire passer en trombe.

Mais enfin, si trois sens aussi différents sont possibles, comment pourrais-je savoir lequel est juste ?

– Qui dit qu'il existe une seule vérité ?

Certainement pas moi. Je me replonge dans le texte. *My tears have run away* : Mes larmes se sont enfuies / *Our goal, goal collapsed* : Notre objectif, objectif s'est effondré / *Energy of lonesome goal* : Énergie de l'objectif solitaire / *May pushes, leaves and never feels* : Mai… Le mois de mai ? ou bien *may* est-il un auxiliaire modal ? Je me renfrogne.

– Teste. Essaie de voir un sens plus large, en fonction de ce qui suit.

Mais ça ne veut rien dire ! Je secoue les mains au-dessus de ma tête.

Shame casts offense / Shame casts her face

– Le verbe *to cast* a plusieurs sens, dont celui de mouler, comme on moule une statue. Alors je me dis que l'on pourrait employer le verbe modeler.

La honte modèle l'offense / La honte modèle son visage. Je trépigne d'irritation.

– Je n'imaginais pas que tu avais un tel besoin d'assigner des sens concrets à toutes choses. Je te croyais plus… poète, peut-être. Certes, le sens n'est pas très clair, mais tu trouves que le sens de la vie est lumineux, toi ? Comprendre n'est pas la seule manière intéressante d'approcher les choses en ce monde.

Je suis vexée. Parce que je sais ce que Violette vient de me dire, et que je passe à ses yeux pour ne pas le savoir. C'est injuste, et je ne peux m'en prendre qu'à moi-même : si je n'avais pas des réactions aussi épidermiques, je ne passerais pas pour le cerveau carré que je ne suis pas. Je poursuis ma lecture. *Star reason starring of the place*. Je lève un regard plein de reproche vers Violette et elle rit.

– J'avoue que celui-ci est assez opaque… Pourtant, les admirateurs du groupe ont été très déçus quand cet album est sorti : dans les précédents, les paroles étaient bien plus incompréhensibles. Elles mélangeaient des mots de toutes origines sans chercher à produire du sens mais une musique à part entière. La voix était utilisée comme un instrument. Lis le refrain, il est limpide.

Safe at last
Seeing my thoughts (are) in order
Safe, fallen down this way
I want to be just what I am

Enfin en sécurité / Voyant (que) mes pensées (sont) en ordre / En sécurité, ainsi tombée / Je veux juste être ce que je suis.

Ma traduction n'a ni la grâce ni l'évidence du texte original, je ne m'en ferais pas un mot d'ordre. Mais du refrain anglais, je le pourrais. Je me demande si Violette partage cette impression.

– Moi, dit-elle, je pourrais les arborer sur un T-shirt.

J'acquiesce. Je repositionne le casque sur mes oreilles et rembobine. Cette fois, je lis les paroles au fil de la chanson et j'ai la chair de poule dans l'air généreux du printemps. Violette sourit paisiblement. À la fin, j'appuie sur stop et le silence du jardin me gifle. Son absence de lyrisme détonne avec la musique que je viens d'écouter. Il y a un déficit dans le monde réel qui m'entoure.

– Tu as remarqué ce que le chant d'Elizabeth Fraser a de particulier ?

Elizabeth Fraser : tel est donc le nom de la chanteuse à voix d'ange qui invente des paroles ésotériques pour les T-shirts des jeunes filles. Peut-elle avoir un visage ?

– Je ne te parle pas de sa voix, ni de la pureté de son timbre, mais de son phrasé. As-tu remarqué la manière à la fois fluide et déroutante qu'elle a d'articuler entre eux les mots, de casser les vers pour laisser sa voix serpenter sur leur carcasse de syllabes déboîtées ?

J'inspire étrangement, comme dans un sanglot.

– Tu peux emporter le Walkman chez toi, bien sûr. Je t'ai aussi apporté le boîtier de la cassette, sur lequel tu trouveras les références des chansons, à supposer que tu finisses par écouter les suivantes.

Je ne sais pas ce qui me prend : je me lève d'un bond, le cœur brandi comme un étendard dans ma poitrine, et je dépose sur la joue de Violette un baiser très sonore.

Je suis assise sur mon lit, face à ma reproduction de Raoul Dufy, le casque sur les oreilles. J'écoute la première face de la cassette sans revenir en arrière. Sur cette face, il n'y a que des chansons de Cocteau Twins, sélectionnées par Violette dans leurs divers albums. Je laisse les mots étranges ruisseler sur mes neurones comme une pluie fine sur un Velux. En même temps, je regarde les chevaux arriver (ou partir) sur mon affiche, et je pense à Elizabeth Fraser.

Elle a plus de cinquante ans maintenant. Ses cheveux sont gris argenté, ses yeux d'un bleu si transparent que l'on a peur de basculer dans leurs profondeurs abyssales. Son visage rond est un peu bizarre à cause de ces yeux si grands et si bleus. On dirait qu'elle veut hypnotiser le monde entier en un seul regard. Elle n'a pas fait beaucoup parler d'elle ces vingt dernières années. J'ai l'impression que maintenant, elle chante en faisant la vaisselle. Quand elle était plus jeune, elle écrivait des paroles bizarres comme *Quallido quallido do do do do au a Rococo au oahoo*. Aujourd'hui, elle a tellement changé qu'on ne l'imaginerait pas écrire ce genre de paroles. Elle a plutôt l'air d'un professeur d'allemand en congé dépression : rien de plus décoiffant que *die die der der*.

Ce décalage ne prouve pas seulement qu'il faut se méfier des apparences. Il révèle un véritable mystère, comme les chevaux de Dufy, qui partent alors qu'ils ont l'air d'arriver ou inversement. Se contenter de dire qu'il ne faut pas se fier aux apparences reviendrait à clore un débat avant d'avoir mis un point d'interrogation à la question initiale. Quand on ne croit plus à une vérité unique, on ne veut plus de réponses hâtives, on veut entrer dans les pièces qui ne sont pas éclairées, au cas où l'essentiel y serait caché.

À mon âge, je devrais vouloir un téléphone haut de gamme, un petit ami populaire, des vêtements coûteux, une coupe de cheveux à la mode et des amies avec qui j'échangerais des devoirs de français contre des vernis à ongles. Mais je n'ai pas le loisir de ces apaisantes trivialités. Depuis que tu es partie, je dois ouvrir les portes sous lesquelles ne filtre pas un rai de lumière. Je dois me poser des questions bizarres devant une toile peinte en 1929. Vivre dans des pièces sombres où sont amassés des tas d'objets hétéroclites dont le monde a oublié l'usage : le débarras de la mémoire. Entendre à travers les cloisons le vacarme de la vie, avec ses musiques électroniques et son jargon branché, qui m'est inintelligible puisque j'ai raté mon entrée dans l'adolescence. Je regardais derrière moi, je te cherchais, alors j'ai pris le mauvais couloir.

Je m'endors, le casque sur les oreilles. Chaque fois que la face A de la cassette a fini de se dérouler, le déclic me réveille, alors l'envie d'entendre les onomatopées célestes d'Elizabeth Fraser me reprend aussitôt et je rembobine. Cette scène se répète toute la nuit. À mon réveil je connais par cœur les mots : *Oh play kina on kraufa minyata*. Je pense aux leçons de botanique de Violette, ces noms d'arbres si imprononçables que, sous leur étiquette, même les pins n'ont plus l'air de pins. Si je recouvrais l'usage de la parole, je suis sûre que je pourrais maîtriser une langue nouvelle, moi aussi, ou une langue perdue : à six ans, je savais déjà dire *Supercalifragilisticexpialidocious* sans bredouiller ni reprendre mon souffle. Si je maîtrisais une langue nouvelle, peut-être un monde nouveau fleurirait-il sous ses vocables, un monde dans lequel je pourrais vivre, te susciter, te ressusciter.

Ce langage ressemblerait peut-être à la logorrhée saccadée que tu aimais produire en tournant le bouton de la radio portative que nous écoutions le matin, pendant le petit déjeuner. Tu changeais sans cesse de fréquence, tu aimais que nous écoutions successivement les informations de telle station, la musique de telle autre, telle chronique ici ou là, et même l'horoscope, pour rire, sur les stations plus commerciales. Parfois, tu t'amusais à tourner très vite le bouton d'avant en arrière à la manière d'un DJ : « abe-ss-ma-ni-op-dou-ba », disaient des voix déformées, masculines et féminines, aiguës et graves, nasales et gutturales, entrecoupées de crachotements et d'interférences.

– C'est incroyable, t'esclaffais-tu, je voulais juste composer mon propre programme du matin, et il a fallu que je tombe sur les extraterrestres !

Puis tu t'amusais à répéter des séries de sons comme s'il s'était agi de scat. Tu imitais très bien le scat des chanteurs de jazz, comme Cab Calloway ou Ella Fitzgerald, ces longues parties vocales improvisées à base d'onomatopées. Certaines étaient si virtuoses que je n'en percevais pas toutes les notes, mais toi, tu les reproduisais sans hésitation. Quand je t'écoutais reprendre en écho les cacophonies que tu tirais de la radio, le bouton des fréquences entre le pouce et l'index, je riais tellement que j'avalais mes céréales de travers.

– Tu devrais t'exercer, toi aussi, me disais-tu d'un air faussement sévère. Ce n'est pas un petit talent idiot, comme de savoir toucher son nez avec sa langue, mais aussi une manière de maîtriser ton corps.

Aujourd'hui, je n'ai plus de rituels au petit déjeuner, plus personne avec qui les partager. Le matin, je bois un jus d'orange, je mange un bol de céréales et l'instant d'après j'ai déjà oublié si elles étaient aromatisées au miel, au chocolat ou au caramel, d'ailleurs je me suis déjà brossé les dents. Après la douche, j'enfile mes vêtements passés de mode, je mets un casque aux coussinets de mousse rêche, puis je marche en écoutant une musique fossile. Mon visage n'exprime rien. Un fantôme grisâtre, voilà ce que je suis. Que penserais-tu de moi si tu me voyais ?

En cours, je m'assieds seule à une table de deux personnes, je pose un cahier et un stylo devant moi. Je n'ai pas de trousse fantaisie avec des stylos pastel dedans. Il n'y a pas d'image sur mon cahier de textes. J'écoute les cours, je prends des notes. Puis je range mon cahier, mon stylo, je suis le mouvement jusqu'à la prochaine salle, et quand la récréation vient, je m'assieds en retrait pour écouter encore de la musique fossile. Le midi, je mange un sandwich et je bois de l'eau minérale en salle de permanence. Qu'est-ce que tu penserais d'une telle vie, si je te la racontais le soir ?

Après les cours, je dépose mon sac de classe dans ma chambre, je me change et je commence à courir dès que j'ai quitté la maison. Ensuite je m'assieds auprès d'une dame en fauteuil roulant qui a sans doute à peu près ton âge. À vrai dire, je ne la connais pas vraiment, mais elle est quand même ma seule amie. Je lui ai appris plus de choses sur moi que je n'en sais d'elle, bien qu'elle n'ait jamais entendu le son de ma voix. Peut-on appeler son amie une femme dont on ignore tout, sinon qu'elle est épileptique et ne remarchera jamais ? Que penserais-tu d'elle, si tu la rencontrais ?

Ce soir, quand j'estime avoir assez couru, je fais mes étirements. Ensuite, Violette tend les mains vers moi. Je ne suis pas très à l'aise parce que j'ai transpiré, mais je prends quand même ses mains dans les miennes. Hier encore, elle ne me disait pas bonjour quand j'arrivais, elle se mettait tout de suite à parler comme si nous reprenions une conversation qui aurait été brièvement interrompue. Je m'assieds sur un banc auprès d'elle. Ce n'est pas celui que j'appelais encore récemment *mon banc* mais ça ne me perturbe pas.

– Cette nuit, j'ai fait un drôle de rêve. Tu te rendais compte qu'à défaut de parler, tu pouvais chanter. Tu le découvrais en écoutant Cocteau Twins. Soudain, tu te surprenais à reprendre les paroles en chœur. C'était quelque chose comme *Perrittia laklerie koryao-ao*. Puis tu as compris que, sur la même mélodie, tu pouvais chanter tout ce que tu avais envie d'exprimer.

Je souris.

– Tu ne voudrais pas essayer ?

– Je peux parler, dis-je.

Violette et moi sursautons comme si une noix de coco venait de tomber entre nous et d'éclater au sol.

– Ah oui, dit Violette.

Je me racle la gorge.

– *Oh play kina on kraufa minyata*.

– Je crois comprendre ce que tu veux dire. C'est un début prometteur. Cela dit, je n'imaginais pas ta voix si grave. Est-ce parce que tu n'as pas parlé depuis longtemps ?

– Non, elle ressemble à peu près à ce que vous entendez.

– Quand j'étais à l'hôpital, j'étais suivie par un médecin d'origine africaine qui parlait avec un accent chinois. Je n'arrivais pas à me concentrer sur ce qu'il me disait, je ne percevais que le décalage.

– Si vous préférez, je peux continuer à me taire. Mais ça ne m'arrange pas, parce que si je ne parle pas, je ne peux pas vous poser de questions. Vous ne lisez jamais les questions que je me pose quand elles vous concernent.

– Je ne les devine pas. Mais demande-moi ce que tu veux, je suis à ta disposition.

Je réfléchis. J'ai tant de questions que je ne sais dans quel ordre les poser. Je me gratte la tempe mais je dois bien me rendre à l'évidence : mes questions se sont noyées dans leur propre tintamarre. Je soupire.

– Que doit-on savoir de quelqu'un pour l'appeler son ami ?

– Savoir n'est pas le seul mode d'approche valable en ce monde. Savoir qui est quelqu'un, c'est comme comprendre les paroles d'une chanson : une illusion. Une tentative de réduction.

– C'est refuser d'entrer dans les pièces qui ne sont pas éclairées ?

– Ta voix ne te va pas tellement, mais j'aime bien ce que tu dis. Je pense que c'est à peu près ça, en effet. Oh, regarde !

Elle donne un coup de menton vers le chemin qui borde les bassins, et sur lequel un homme court, les mains négligemment posées sur les poignées d'une poussette.

– Je n'ai pas senti le vent de la vitesse sur mon visage depuis si longtemps…

Je la fixe d'un regard rond.

– Tu pourrais par exemple me ramener chez moi, si tu t'en sens capable.

Si je peux courir avec une brique dans la poche, je peux aussi bien courir en poussant un fauteuil. C'est ce que je fais, occupant sans vergogne les pistes cyclables : les trottoirs de la ville sont souvent trop étroits pour notre convoi, ou encombrés de poubelles, de scooters ou de voitures mal garées. Au début, l'exercice est malaisé. D'abord, le fauteuil et sa passagère sont sans doute un peu moins légers qu'une poussette, ensuite je suis assurément moins musclée que le père dont nous avons observé tout à l'heure la leste foulée. Mais bientôt je prends de l'assurance et les roues elles-mêmes semblent avoir assez d'élan pour me faciliter la tâche. Violette regarde autour d'elle comme si elle découvrait le paysage, au point d'oublier parfois de m'indiquer la route.

– Fais demi-tour dès que possible, dit-elle alors.

Mais faire demi-tour sur une piste cyclable n'est pas une manœuvre prudente, aussi Violette recalcule-t-elle plutôt notre itinéraire.

– Prends la prochaine à droite, puis la première à gauche, nous reviendrons dans la bonne rue.

Elle me dit que, quand elle courait encore, elle rêvait de dessiner des plans de la ville. Des plans subjectifs. La plupart de ceux que l'on trouve dans le commerce ou au syndicat d'initiative mettent en valeur des monuments qui n'intéressent personne, à part quelques touristes. Elle, elle aurait mis l'accent sur les détails qui ont du sens à ses yeux. Naturellement, son périmètre a rétréci depuis sa crise d'épilepsie. Comme le mien depuis ton accident, mais elle ne le lit pas dans mes pensées.

– Tu devrais t'entraîner plus souvent sur bitume. Nous allons te préparer pour le marathon, qu'en penses-tu ?

– Quarante-deux divisé par sept, ça fait six : six fois le nombre de kilomètres que je suis capable de courir.

– Pour l'instant. Mais tu progresses vite et je te ferai suivre un programme sur mesure. Avant toute chose, il te faut des baskets adaptées pour ne pas t'abîmer le dos et les genoux. Je t'emmènerai dans un bon magasin la semaine prochaine, quand j'aurai touché ma pension d'invalidité : je te les offre.

– J'ai de l'argent de poche, je proteste.

– Il n'y a pas à discuter. Mais si tu veux de ces fanfreluches fluorescentes ou des gadgets à la mode, ce sera ton problème.

– Je vous rappelle que je cours avec un lecteur de cassettes audio et un casque en mousse qui chauffe les oreilles.

– Je plaisantais, je sais bien que ce n'est pas ton genre. D'ailleurs tu n'es pas obligée de courir avec un matricule sur un dossard, au milieu d'une foule qui sent les aisselles ; tu peux entreprendre un marathon en solitaire. Il te suffit de dessiner préalablement un itinéraire de quarante-deux kilomètres et de bien le mémoriser.

Quand on suit un itinéraire, peut-on courir dans le sens inverse des aiguilles d'une montre ? Suffit-il de courir vers le nord-est, puis de redescendre vers le sud-ouest ? Je ne pose pas la question, pour ne pas avoir à confier ce vers quoi je cours – vers qui : pour ne pas avoir à parler de toi dans un contexte aussi trivial, alors que des gouttelettes de sueur collent mon T-shirt à ma peau.

– C'est ce que je faisais, moi, poursuit Violette, de mon… Non, pas de mon vivant, disons de ma verticale. C'est ici.

Elle me désigne une résidence vieillotte à laquelle on accède par une longue pente douce en béton. Je n'ai aucune peine à la gravir. La porte s'ouvre automatiquement et dans le hall très large, qui sent le détergent, deux ascenseurs nous font face, séparés par un large escalier. Pour les atteindre, il faut franchir une baie vitrée si propre que je ne l'ai pas vue immédiatement. Je ne suis pas sûre que je ne l'aurais pas heurtée de plein fouet si une dame en blouse bleu pâle n'était en train de la frotter avec un chiffon. Elle s'immobilise en nous voyant et arrondit les yeux. Je sens son regard peser sur moi jusqu'à ce que les portes de l'ascenseur se soient refermées derrière nous. Je m'ausculte dans le miroir : il est vrai que l'effort ne me rend pas très présentable.

– Ça n'a rien à voir avec toi. Je ne l'ai pas habituée à avoir de la compagnie, c'est tout. Elle sera contente pour moi, quand la surprise sera retombée.

Nous quittons l'ascenseur au troisième étage sur huit. Violette ouvre la porte 33 et me fait signe d'entrer dans la grande pièce carrée qui lui tient lieu d'appartement.

– Il y a aussi une salle de bains, rassure-toi. Une grande, accessible en véhicule.

Je n'aime pas tellement entrer chez des gens que je connais à peine, de même que je n'aime pas les voir dévêtus (c'est pourquoi j'ai toujours tant détesté les sports en salle : à cause des vestiaires). Pourtant, je suis curieuse. Je balaie la pièce du regard, et il s'arrête sur une photo encadrée de Violette riant aux éclats avec un homme.

– C'est Tom, mon mari. Enfin, c'est Tom et *c'était* mon mari. Il ne m'a pas quittée, j'ai dû insister pour qu'il parte. Oh, ne va pas imaginer que j'aie un remarquable esprit de sacrifice, c'est plus compliqué. Si par exemple tu vas voir un film avec quelqu'un qui bâille d'ennui sur son siège, tu n'en profites pas vraiment. J'avais peur que la vie ensemble devienne un peu comme ça, que Tom se force à rester auprès de moi et qu'il dépérisse au point que j'aie envie de quitter la salle. Tu comprends ?

– Je crois que oui.

Et je continue à scruter la pièce, bien qu'il n'y ait pas grand-chose à voir. L'espace est aussi réduit que celui de ma chambre, et encore moins chargé. On pourrait penser à une chambre d'hôtel, à peine personnalisée, si une bibliothèque n'occupait pas tout un mur. Après un mouvement panoramique, mon regard revient au rire de Violette et Tom. Papa et toi n'avez jamais partagé ce genre d'euphorie. Toi et moi, nous formions un duo plein de couleurs, et quand mamie était là, notre trio devenait pyrotechnique. Mais papa secouait seulement la tête avec un sourire indulgent. Ce que Violette a perdu avec Tom, c'est sans doute ce que j'ai perdu avec toi.

Aucun autre élément visuel ne semble affectivement connoté – mais je me trompe peut-être : ma reproduction de Raoul Dufy signifie beaucoup plus pour moi qu'on ne pourrait le supposer. Il y a une photo en noir et blanc d'un homme en costume sautant du haut d'un mur en pleine rue. Il plonge, les bras écartés, regardant vers le ciel comme s'il espérait se diriger vers lui.

– Qui est-ce ?

– Yves Klein, un artiste. Cette photo s'appelle *Le Saut dans le vide, 5, rue Gentil-Bernard, Fontenay-aux-Roses, octobre 1960.*

– Je me méfie des titres longs et précis. Dit-il la vérité, au moins ?

– Pas vraiment.

– « Pas vraiment » signifie que non. Qu'est-ce qui n'est pas exact ?

– L'essentiel : il ne s'agit pas d'un saut dans le vide mais d'un photomontage.

– La différence n'est pas subtile… Mais je l'aurais parié. Et ça, c'est du chiqué aussi ?

Je lui désigne une vieille photo granuleuse sur laquelle deux femmes à chapeaux cloches dansent sur la corniche d'un immeuble new-yorkais. En contrebas, la rue est floue, les passants à peine plus gros que des fourmis.

– Pas du tout. Je ne sais même pas qui sont ces femmes, ni qui les a prises en photo. On peut seulement deviner que l'image date des années 1920, d'après son grain et les vêtements des danseuses. De telles scènes circulent à travers le temps, comme des légendes urbaines, mais elles n'en sont pas. Elles gravent dans la mémoire collective le visage de véritables héros anonymes.

Je pense aux chaises vides de la course hippique à Deauville. Et je comprends que ces images signifient autant pour Violette que Raoul Dufy pour moi.

Violette et moi, nous prenons des habitudes en un temps record, comme si chaque première fois était l'inauguration d'un nouveau rituel. Ce soir encore, je la raccompagne chez elle, en prenant garde à tourner dans les bonnes rues même quand elle regarde ailleurs. Puis nous prenons l'ascenseur, j'entre dans la petite pièce où vit mon amie et je bois un verre d'eau.

– Ma bibliothèque est la plus grande liberté qu'il me reste, dit Violette. Mon fauteuil ne peut pas m'emmener au bout du monde, mais les livres, les films et les disques, eux, le peuvent. Mes bras sont assez musclés pour le genre de voyage qu'ils proposent, et les obstacles y sont rares. Il n'y a pas de mobilité réduite dans leur univers, tout le monde peut y évoluer à son aise.

– J'ai arrêté de lire, dis-je. Il n'y a pas de vérité dans les livres, mais seulement des histoires auxquelles on feint de croire pour se rassurer ou pour jouer à se faire peur.

– Les histoires sont partout, dans les livres, dans la vie, dans le moindre grain de sable. Chacune libère un possible.

– Et condamne tous les autres possibles.

– C'est pourquoi tu as rejeté le langage ?

Je secoue la tête. Je ne veux pas parler de toi. Tu n'es pas un vulgaire sujet de discussion, tu n'es pas une anecdote que je puisse raconter.

– Il s'est passé quelque chose qui dépassait les mots, dis-je, quelque chose qui les a tous écrasés d'un coup. Comme si un éléphant s'asseyait sur une fourmilière.

– Mais on dirait bien qu'ils sont revenus.

– Je ne suis pas sûre d'en avoir envie. Les mots créent des liens avec les autres. Les autres, on s'attache à eux puis ils disparaissent.

– Je te comprends. J'ai une amie qui a renoncé à connaître l'amour. Quand on lui demande pourquoi, elle répond : « Au cas où. » Les gens trouvent cette réponse très bizarre, mais pas moi, parce qu'elle m'a expliqué ses véritables raisons. Je te les explique si tu me promets de ne jamais rien répéter à personne.

– Je ne vois pas à qui je pourrais répéter l'histoire de quelqu'un que je ne connais pas…

– C'est vrai. Alors écoute bien ça. Mon amie se dit : « Si j'étais amoureuse, quand j'irais courir, je prendrais toujours dans ma poche un petit papier sur lequel j'inscrirais mon nom, mon groupe sanguin, mes allergies, le nom et le numéro de téléphone de la personne à prévenir en cas de problème. La personne à prévenir serait celle que j'aime, bien sûr. Mais imaginons qu'un jour, en sortant un mouchoir de ma poche, je fasse tomber ce petit papier plié. Imaginons qu'une passante le ramasse et lise le nom de mon amoureux. Imaginons que la passante rêve de le retrouver depuis des années, car ils se seraient rencontrés autrefois dans un métro en panne. Grâce à mon papier plié, la passante pourrait désormais réaliser son rêve et contacter celui que j'aime. Imaginons qu'elle finisse par me ravir son cœur. En voulant anticiper un danger, celui de ne pouvoir être rendue à mon amour en cas d'accident, j'aurais perdu cet amour, ma raison de vivre : il n'y aurait plus personne à qui je souhaiterais être rendue en cas d'accident. Et il me serait égal que les secours connaissent mon groupe sanguin parce que, privée d'amour, ma vie n'aurait plus beaucoup de valeur à mes propres yeux. Alors autant ne pas prendre le risque, et ne pas tomber amoureuse du tout. » Qu'est-ce que tu en penses, du choix qu'a fait mon amie ? Tu trouves normal de renoncer à l'amour par crainte de perdre un papier plié ?

– C'est assez... radical.

– Complètement ridicule.

– Radicule. Il existe, ce mot, je crois ?

– Bien sûr, il désigne l'embryon d'une racine.

– Êtes-vous professeur de SVT ?

– Je l'étais, avant l'accident. Comme il n'y a pas d'ascenseur dans les collèges, je ne le suis plus. Mais ne change pas de sujet. Veux-tu ressembler à mon amie, et ne jamais te lier avec quiconque de peur d'avoir à en souffrir, un jour hypothétique ? La douleur, c'est le danger, quand on est en vie.

Et les leçons de morale, c'est le danger, quand on accepte le langage. Voilà ce que je pense, mais je me contente d'ironiser :

– Vous pourriez être mon professeur.

– Exact. Je pourrais même être ta mère.

En une fraction de seconde, je suis à plusieurs mètres du fauteuil, le visage déformé par la violence du choc, exactement comme la fois où j'ai reçu une décharge électrique. Ce jour-là, je dévissais une ampoule grillée quand il m'a semblé que l'on me frappait brutalement sur la nuque. L'instant d'après, j'étais loin de l'ampoule, seule dans la cuisine, des fourmis plein le cuir chevelu. Je n'ai pas compris tout de suite ce qui m'était arrivé. Quand on n'a encore jamais reçu de décharge électrique, on ne peut pas savoir que ça fait l'effet d'un grand coup dans la nuque. Très vite, je me suis rendue à l'évidence : j'aurais dû t'appeler pour m'aider à changer cette ampoule. Et maintenant je voudrais pouvoir t'appeler pour te dire que personne au monde ne prendra jamais ta place.

– Je parlais seulement en termes mathématiques, précise Violette.

– Je sais. Mais je dois partir maintenant.

Mes jambes flageolent encore. À vrai dire, tout mon corps tremble convulsivement. Je tiens le Walkman et son casque au creux de mes mains comme un oiseau blessé. Je baisse les yeux sur eux, désemparée.

– Garde-les.

Je ne sais pas quoi faire. D'une part j'ai besoin de cette musique, d'autre part elle me vient de Violette. Violette ne t'a fait aucun mal, elle ne sait pas qui tu es, qui je suis, elle a juste été maladroite. Pourtant je dépose le Walkman et le casque sur ses genoux inertes et je m'enfuis en courant sans avoir eu le courage de la regarder dans les yeux. Je t'ai abandonnée en acceptant la parole qui m'éloignera de toi, car elle ramènera la vie dans mon existence, cette vie que tu ne partages plus.

Et je suis lâche, je blesse une femme qui m'a rendu la musique et les mots. Je ne suis pas idiote, je sais que tu plaiderais sa cause si tu pouvais me parler. Je te connais si bien. Mais je ne peux pas. Je ne peux pas.

Une fois dehors, je presse les poings sur mes yeux pour en chasser des larmes, et quand ma vue redevient nette, je t'aperçois. Ça ne dure qu'une seconde et ça se passe tout au bout de la perspective que m'offre la rue : tu viens de traverser sur le passage pour piétons, longeant une rue perpendiculaire d'un pas décontracté. Plus de cent mètres nous séparent. Je ne réfléchis pas, je cours aussi vite que je le peux, d'une foulée si longue qu'elle me paraît élastique. Je suis fascinée par ma propre vélocité. Si j'ai appris à courir, peut-être est-ce pour pouvoir te rattraper ce soir. Je veux y voir une évidence.

Mais quand je parviens à l'intersection que tu viens de franchir, tu n'es nulle part. Les portes et fenêtres des maisons sont fermées, aucun piéton ni aucun véhicule ne circulent à cet instant, de sorte que la rue semble parfaitement assoupie. Je pose la main sur ma poitrine pour apaiser mon rythme cardiaque mais rien n'y fait. Je ne connais qu'une solution à cet affolement.

Je cours sans casque mais la musique emplit ma tête, obsédante – je reconnais mille extraits de la face A que j'ai écoutée en boucle pendant deux nuits. Des lambeaux de chansons, soufflés par mon inconscient, volettent en désordre dans mon esprit comme la cendre après une éruption volcanique. Je me sens en danger, sans comprendre de quoi au juste mais je préfère aller chez mamie que de rester seule, j'ai besoin de sa protection. Mamie et moi étions les deux personnes les plus proches de toi, nous sommes celles qui savent ce que le monde a perdu en te laissant partir.

Quand je sonne à la porte, j'entends des éclats de voix et de rires en provenance de la maison. J'ai dû me tromper d'adresse, comment est-ce possible ? Ma mémoire m'assure pourtant le contraire : autour de moi, tout est à sa place. La marquise et son armature de fer forgé, la glycine, la peinture bleue écaillée de la porte, le heurtoir qu'a figé le temps, la carte manuscrite « Pas de publicité, merci » scotchée sur le clapet de la boîte aux lettres. Ma bouche est sèche quand mamie ouvre la porte.

– Ma petite chérie, quelle surprise ! Entre. Je ne savais pas que tu courais, j'espère que tu as de bonnes baskets. Peut-on savoir derrière quoi tu cours ?

Je ne réponds pas, effarée par la vision qui s'offre à moi par la porte de la salle à manger : cinq vieilles dames sont assises autour de la table, des cartes à jouer entre les mains. Il y a aussi, sur la nappe, un gâteau, une tarte, une théière. Je lance à mamie un regard lourd de reproche.

– Je vais leur demander de nous laisser. Je sens que tu as des choses à me dire.

Cette dernière phrase m'étonne tellement que je ne proteste pas.

Je devrais avoir honte de laisser mamie mettre cinq vieilles dames à la porte pour ma petite personne, tu ne m'as pas éduquée ainsi, mais je reste immobile au milieu du couloir. Les amies de mamie quittent la maison en pépiant, dans le frémissement de leurs robes, le balancement de leurs sacs à main. Certaines passent une main distraite dans mes cheveux. Elles me donnent l'impression d'un joyeux poulailler. Mamie m'appelle depuis la salle à manger :

– Il n'y a plus personne, ici, tu viens t'asseoir ? Il reste une part du marbré au chocolat qu'a préparé Patricia. Et de la tarte aux noix, que je te recommande particulièrement, sans fausse modestie.

Je secoue la tête comme je chasserais une mouche importune.

– Qu'est-ce qui ne va pas, mon poussin ?

Je veux bien être son poussin. Je veux bien lui répondre à voix haute, mais si je le fais, papa en sera vite averti. Si seulement je pouvais choisir à qui je réserve le langage…

– Je crois que je sais pourquoi tu te tais, déclare justement mamie. Tu refuses de parler parce que les mots figent, comme de la gélatine. Mais tu peux rester libre au sein du langage, car il y a autant de vérités qu'il y a de mémoires.

– Je crois qu'ils arrivent, dis-je.

Logiquement, à son tour, mamie sursaute. Plus précisément, ses fesses font un numéro de pois sauteur sur sa chaise, tandis qu'elle lève les avant-bras sous le menton dans un style kangourou. Elle me regarde comme si j'étais une créature inquiétante.

– Tu as parlé, me signale-t-elle. Tu crois que *qui* arrive ?

– Les chevaux de Raoul Dufy. Il a peint un tableau qui s'appelle *Course hippique à Deauville, le départ* (je fais la traduction parce que mamie ne parle pas un mot d'anglais). Pourtant j'aurais juré que les chevaux franchissaient la ligne d'arrivée. Raoul Dufy s'est sans doute trompé : la main qui tenait le pinceau se souvenait qu'il avait assisté à une arrivée, mais son cerveau croyait que c'était un départ.

– Ou l'inverse.

– Je ne sais pas. Je ne le saurai jamais.

– En attendant, tu es venue te réfugier auprès de ta vieille mamie. Tu as très bien fait. Qu'est-ce qui te bouleverse autant, ma chérie ?

– Tu ne te sens pas coupable, de jouer aux cartes avec tes amies ?

– Je suis à la retraite, mon cœur, j'ai mérité de prendre du bon temps.

– Ce n'est pas ce que je veux dire. Je pense plutôt à maman.

– Je l'avais bien compris. Disons que j'en rajoutais un peu pour te montrer que, à mes yeux, il n'y a rien de choquant à vivre. Rien ne justifie de renoncer à la vie. En l'occurrence, renoncer à la vie n'a jamais fait revenir personne d'entre les morts.

– Ce n'est pas la question. C'est indécent, comme si on abandonnait maman. Comme si on laissait un malade tout seul pour aller faire la fête.

– Ouh ! ouh ! s'esclaffe mamie. La vie n'est pas tout à fait une fête. Il faut du cran pour essayer de la faire ressembler à une fête, mais tout le monde ne l'a pas. Ma fille l'avait.

– Et toi aussi.

– Si tu le dis, glousse mamie en tirant coquettement sur le bord de sa robe. Je fais mon possible. Tu vois les amies avec qui je jouais au tarot tout à l'heure ? Je crois que mes petits après-midi leur font du bien. La solitude, à nos âges, devient pesante. Comme le couvercle d'un cercueil, si tu veux tout savoir – tu ne m'en voudras pas, dans les circonstances, de ne pas t'épargner.

Je secoue la tête.

– Tu as le droit de sourire, Elina, de rire, d'aimer encore.

– Je crois, dis-je, que j'ai une amie.

– Nous y voici. Je suis sûre que, si elle le sait, Lucie fait des claquettes au paradis pour célébrer la bonne nouvelle.

– Même si mon amie aurait l'âge d'être ma mère ?

– Il faut plus que l'âge pour être une mère, mon bichon, ne dis pas de bêtises : ces considérations terre à terre ne te ressemblent pas. Je crois que tu mélanges tout.

Je prends un morceau de tarte aux noix sur une serviette en papier. J'ai à peine mordu dans la pâtisserie que les saveurs familières se déploient et raniment dans mon esprit le souvenir de bonheurs passés. Toi et moi avons découvert la tarte aux noix un après-midi d'été, dans un petit village au bord de la Dordogne. C'est immédiatement devenu notre goûter préféré. Ce jour-là, nous nous sommes laissées dériver au fil de l'eau, confortablement installées sur des chambres à air de camion, à dévorer les parts généreuses que nous avait données la boulangère. Ensuite, il nous a fallu remonter la rivière jusqu'au ponton à la force des bras et des jambes, semant les calories dans notre sillage. Je me rappelle exactement la température de l'eau, la lumière mordorée dans les éclaboussures et le goût des gouttelettes d'eau, que dominaient vite les traces de la noix. Je me rappelle nos rires essoufflés.

Aujourd'hui, mamie excelle dans la confection de notre tarte fétiche. Je fais honneur à son mélange de textures fondantes et croquantes pour la première fois depuis plus d'un an, et les saveurs crépitent dans ma bouche alors même qu'il n'y a rien d'acidulé dans la tarte aux noix : ce qui pétille et palpite sur mes papilles, c'est le plaisir, tout simplement. Je crois qu'il se lit jusque sur mon visage. Mamie joint les mains sous le menton et sourit tellement que je ne vois plus ses yeux.

La voix de papa m'accueille à travers la porte de la cuisine. Son faux enjouement rituel m'apparaît aujourd'hui dans tout son pathétique : ça ne doit pas être facile, de continuer à composer un sourire pour quelqu'un qui n'y répond jamais.

– C'est toi, mon lapin ? Tout va bien ?

– Ça va, je réponds.

J'entends un bris de vaisselle, puis la porte de la cuisine s'ouvre et laisse place à Sandrine et papa. Je hausse les épaules.

– Tu veux manger avec nous ? propose Sandrine. Nous étions justement en train de cuisiner.

Sa voix tremble. Elle n'est pas ma mère mais elle peut avoir la voix qui tremble pour moi. Je crois que ça te ferait plaisir. Je ne sais pas si je t'ai déjà dit que papa et elle adorent cuisiner ensemble. Ils boivent un verre, ils écoutent de la musique et coupent des légumes ensemble, inventent des sauces, des cuissons. J'ai toujours trouvé ça déprimant, mais aujourd'hui je comprends pourquoi : parce que cette complicité si simple et si joyeuse, tu ne l'avais pas avec lui.

– J'ai pris le goûter un peu tard, dis-je, mais… d'accord.

Je regrette d'avoir répondu de manière impulsive mais je n'ai pas envie de me dédire aussi vite, j'aurais l'impression que ma parole à peine retrouvée a déjà l'air d'un brouillon. Ce serait comme d'entamer un nouveau carnet avec une belle couverture et de faire une rature dès la deuxième ligne. Sous la douche, je me prépare psychologiquement. Je me demande de quoi je vais bien pouvoir parler à table ; j'ai oublié à quoi ressemble un repas en famille. Quand je sors de la salle de bains, je les entends qui rient au loin, dans la cuisine. Ils le font souvent mais ce soir je sens dans leurs trilles une légèreté particulière.

D'habitude, je me contente d'enfiler un short en jean, un débardeur et un sweat-shirt, c'est bien assez pour manger dans une boîte en plastique en observant ma reproduction de Raoul Dufy. Mais aujourd'hui je choisis des vêtements. D'abord, une robe que je n'avais pas mise depuis longtemps ; en un an, elle n'est pas devenue trop petite. Peut-être ma croissance s'est-elle arrêtée le jour où j'ai pris racine au Jardin des Plantes. Un jour, les plantes cessent de pousser, même les séquoias ne montent pas jusqu'au ciel (Violette dit que le plus haut du monde, qui s'appelle General Sherman, mesure 83,8 mètres). Je repasse mon gilet. Je n'avais pas branché le fer depuis très longtemps, laissant les faux plis raconter mon indifférence à toutes choses – les gens doivent penser que mon père est négligent mais ils se trompent, j'ai toujours refusé d'être infantilisée : si je peux apprendre une langue étrangère, je peux repasser mes vêtements. Aujourd'hui, on dirait que je me prépare pour une communion.

– Tu aimes les lentilles corail ? m'interroge Sandrine quand j'entre dans la cuisine.

– Je ne sais pas.

Je ne fais plus tellement attention à ce genre de choses, à ce que j'aime et ce que je n'aime pas. J'en veux pour preuve les betteraves rouges que j'ai mangées récemment. Mais maintenant que j'y pense, tout à l'heure j'ai dit à mamie que sa tarte aux noix était un délice. Sans doute le goût me revient-il progressivement.

– Tu préfères qu'on s'installe à la table de la salle à manger ? demande papa.

– Non, la cuisine est plus…

Je ne finis pas ma phrase. Le mot manquant est « chaleureuse », mais il paraît inapproprié. Il est encore un peu tôt pour parler de chaleur. Nous nous asseyons autour de la table, nous servons dans la soupière, nous disons « Bon appétit », ce qui est absolument le genre d'expression qui pourrait me donner envie de me taire pour toujours. La grande braderie du langage commence par là.

– Tu as pris le goûter chez ta grand-mère ?

– Oui.

– Tu te déplaces en courant, maintenant ?

Je laisse ma cuillère en suspens, réfléchis un instant.

– Oui.

– Je n'ai pas couru depuis le lycée, avoue Sandrine. Tu n'as jamais de courbatures ? Ou de point de côté ?

– Il m'arrive d'avoir des courbatures, mais plus de point de côté. Pas depuis que j'ai un coach sportif.

– Un coach sportif, répète papa. Au collège ?

– Non.

– Et peut-on savoir où ?

– Au Jardin des Plantes.

– Tu t'es inscrite à un club ?

– Non.

Je pratique décidément l'économie verbale.

– Peut-on savoir qui est ce coach ? Tu es encore jeune et il est de mon devoir de savoir qui tu fréquentes au Jardin des Plantes.

– Elle s'appelle Violette.

– Violette. (Il jette un regard perplexe à Sandrine.) Tu l'as rencontrée dans un contexte particulier ?

– Oui.

Existe-t-il autre chose que des contextes particuliers ?

– C'est-à-dire ?

– Je vomissais.

La soupe aux lentilles corail est bonne. Elle mélange plusieurs saveurs. Curry vert. Coriandre. Lait de coco. Tomate. Oignon. J'informe Sandrine :

– J'aime les lentilles corail.

– Oh. C'est… J'en suis ravie, Elina.

– Mais cette Violette, insiste papa, qui est-elle exactement ?

– Je ne sais pas, je ne lui ai pas demandé son numéro de sécurité sociale.

– Tu as vite retrouvé ton insolence, soupire papa.

Mais j'ai gagné, il ne pose plus de questions et je peux savourer paisiblement ma soupe. J'aurais pu en dire plus, mais je n'avais pas envie de voir s'arrondir quatre yeux sous prétexte que mon coach sportif est handicapé. Certes, le paradoxe m'a frappée, moi aussi, la première fois que Violette m'a donné des conseils, mais je préfère l'oublier. J'étais si bête, si primaire… On préfère toujours oublier les détails embarrassants de notre passé, comme les dessins animés atrocement niais que l'on adorait quand on était petit. J'ai beaucoup grandi, en une semaine.

Car aujourd'hui, ça fait une semaine que j'ai rencontré Violette, un an et une semaine que je t'ai perdue puisque je l'ai rencontrée le jour de ce premier anniversaire macabre. Il faut bien que ça signifie quelque chose, le hasard ne peut pas être aussi tordu – tu vois, j'ai tellement besoin de donner un sens à toutes choses que je ne peux m'empêcher d'attribuer une volonté au hasard. Doté d'une volonté, il n'est pourtant plus le hasard. Que devient-il alors ? Le destin, peut-être.

Après le repas, j'aide à faire la vaisselle. D'habitude, je me contente de laver ma boîte en plastique et mes couverts, comme on efface les traces de son passage. Ce soir, papa lave, j'essuie et Sandrine range. Je réponds par monosyllabes à leurs questions sur le collège, je ne verrais pas l'intérêt de développer. Ils me demandent si l'approche du brevet ne me stresse pas trop et je réponds que non. Mes notes sont-elles bonnes ? Je ne réponds pas qu'ils le savent bien puisqu'ils reçoivent mon bulletin tous les trimestres ; je réponds seulement que ça va. Ai-je l'intention de les accompagner en vacances cet été ? Non. Irai-je chez mamie ? Je ne sais pas. Ensuite j'accroche le torchon à son crochet, je dis bonne nuit et monte me brosser les dents.

Je suis épuisée, j'avais oublié combien parler requiert d'énergie. La tête me tourne un peu, je crois entendre l'écho de ma propre voix dans ma boîte crânienne. Je suis contrariée d'avoir abandonné Violette ce soir, pourtant je m'endors très vite.

Violette ne sourit pas, ses yeux sont si fixes qu'ils semblent aveugles. Je me demande si les miens donnaient la même impression, à l'époque récente où je faisais encore la plante. Le Walkman et le casque en mousse sont posés sur ses genoux. On pourrait penser qu'elle n'a pas bougé un muscle depuis hier soir, si elle ne portait pas des vêtements différents.

– Je suis désolée, dis-je.

Elle lève la tête vers moi et chasse rapidement la tristesse de ses yeux. Elle me sourit doucement.

– C'est moi qui le suis, si je t'ai blessée d'une manière ou d'une autre.

– Vous ne pouviez pas savoir.

Je racle les graviers de la pointe de ma basket. Dois-je lui parler de toi ?

Je ne me pose pas longtemps la question, car soudain papa fait irruption devant nous, surgissant d'un bosquet. Il m'espionne, maintenant ! Violette et lui se regardent avec un effarement partagé. Moi qui pensais être le seul entourage de ma nouvelle amie... Même mon père, M. Pantoufles, la connaît.

– C'est donc vous, finit par prononcer papa, qui jouez les coachs sportifs auprès de ma fille ?

– Comment ça ?

Violette nous regarde alternativement, paniquée.

– Vous êtes le père de... (Elle tourne la tête vers moi.) Je ne connais même pas ton prénom.

– Elina, répond mon père. Vous savez bien comment s'appelait sa fille.

– Mais je ne pouvais pas savoir qu'elle était sa fille !

Ça me revient, maintenant. J'ai entendu tant de versions différentes que j'ai fini par les oublier toutes, par oublier le nom des protagonistes et le détail des événements. Il était question d'homicide involontaire, de coupable qui était aussi une victime et qui ne se rappelait rien, ni l'angle ni la vitesse de la collision, ni la configuration exacte de la scène. Il était question de coupable qui n'avait rien vu. Par ailleurs, les témoins manquaient. Certes, j'avais entendu le prénom de Violette, mais il s'était perdu dans le tissu fleuri de la petite robe que tu portais ce jour-là. Ç'aurait pu être Iris, Rose, Marguerite, Églantine, je ne m'en souvenais pas précisément. Je n'ai pas pensé que Violette pouvait être cette fleur de tissu refoulée au fin fond de mon cerveau depuis ta disparition. Maintenant que mon inconscient a lâché prise, tout vacille autour de moi.

J'ai perdu quelques secondes. J'ignore où elles sont passées, quelle était leur nature. Tout ce que je sais, c'est que je cours maintenant très vite. Ils ne me rattraperont pas. Je quitte le parc et me dirige vers le soleil bas du soir ; je disparais dans son rayonnement aveuglant. Je voudrais surtout disparaître à moi-même, mais ça, ce n'est techniquement pas possible. La lumière m'enveloppe, elle semble m'atomiser, pourtant quand je baisse la tête je peux deviner mes pieds, le balancement de mes avant-bras et celui des cordons de mon sweat-shirt. J'entends mon souffle, le choc de mes semelles sur le bitume. J'y vois un luxe, dont je ne devrais pas bénéficier : je t'ai trahie. Je t'ai trahie sans le savoir et je suis en colère mais je ne sais pas contre qui. Personne n'a voulu blesser personne, mais plusieurs vies sont irrémédiablement gâchées.

Je devrais être au téléphone avec Célia et rire de bêtises, tu devrais frapper à la porte de ma chambre pour me demander si j'ai fini mes devoirs ou pour me dire de baisser le son de ma musique. Mais je suis en train de courir dans les rues de la ville. Je quitte les limites de mon périmètre habituel, ma foulée régulière et déterminée, comme si j'avais une destination. Je n'en ai pas. Mes pensées non plus n'en ont pas, elles fusent dans tous les sens, se contredisent, se bousculent. Dans leur confusion revient la voix off de Violette : « Il y a autre chose… Quelque chose de bien plus abîmé en moi que mes jambes. » Les miennes mangent le bitume à grandes enjambées.

Violette,

Vous aviez parfaitement raison : vous êtes un monstre et vous ne méritez pas de vivre. Par le prisme de ma mère, les couleurs dansaient, les mots inventaient des mondes respirables. Vous avez soufflé la vie comme une vulgaire bougie. Dire que votre visage me rassurait… Me voici punie pour avoir cru à la possibilité d'une consolation.

Violette,

Pensez-vous qu'en me rendant au monde, vous lui avez aussi un peu rendu ma mère ? Ou pensez-vous que, si le paradis existe, elle verra ce que vous avez fait pour moi et vous pardonnera ? Envisagez-vous que moi, je puisse vous pardonner ? En aurais-je seulement le droit si je le souhaitais ?

Violette,

Pourquoi m'avez-vous cueillie au Jardin des Plantes comme un pissenlit défraîchi ? Vous avez soufflé sur mes aigrettes pour qu'elles volent de nouveau dans les faisceaux que découpent les feuillages, mais il y a tant d'autres fleurs piétinées, étiolées : pourquoi m'avoir choisie parmi toutes les autres si vous ne saviez pas qui j'étais ? Ou si maman ne vous l'a pas soufflé à l'oreille ?

Violette,

Est-ce ma mère qui vous a envoyée à moi ? Vous a-t-elle chargée de me faire renouer avec le reste de l'humanité ? D'apaiser ma colère en me montrant que son bourreau est aussi une victime, et qu'il souffre tout autant que moi ? Souffrez-vous autant que moi ? Peut-être souffrez-vous encore plus : qui pourrait le mesurer ?

Violette,

Le soir, quand je mange dans mes boîtes en plastique en regardant arriver des chevaux qui partent, que faites-vous dans votre chambre carrée ? Que regardez-vous, à quoi pensez-vous ? Qui vient vous demander à quoi vous pensez ? Maman sait-elle, là où elle est, que vous et moi vivons le même jour sans lendemain, que nous poussons le même cri sans timbre ni écho dans le vide de l'univers ? Qui d'autre que vous pourrait comprendre l'intensité de ma douleur, la profondeur de ma solitude ?

Violette,

Pourquoi faut-il que vous soyez celle qui conduisait cette maudite voiture et que vous soyez aussi la seule personne dont la compagnie me réconcilie avec l'humanité ? Y a-t-il une logique entre ces deux propositions ? Une logique moins perverse que l'ironie ? Fallait-il qu'il en soit ainsi ? Qui l'a décidé ? (C'est toi, maman ? Dans ce cas, quel est ton but ? Veux-tu m'enseigner le pardon ? Ou me montrer qu'il n'y a aucune morale possible sur cette planète ?)

J'ignore depuis combien de temps je cours maintenant. Submergée par le flux de mes pensées, j'ai perdu conscience. Je la retrouve alors que je suis en mouvement, loin de chez moi, au cœur de la cité administrative. La nuit est tombée. Je me sens comme une fourmi dans la paume d'un géant, perdue entre les tours de verre et d'acier, avec tout au-dessus, très haut, le bleu roi étrangement lumineux du ciel. Cette sensation m'est libératrice.

Plus on se sent minuscule, plus on accepte les cruautés de l'existence. Je ne suis pas autre chose qu'une fourmi noyée dans un verre, écrasée par une semelle ou broyée par une tondeuse dans une herbe bien verte. La multitude des fourmis suppliciées par un sort aveugle avance auprès de moi dans l'univers immense et froid. Tu avances auprès de moi. Violette avance auprès de moi, elle qu'une décharge électrique dans le cerveau a privée de son sourire, de ses jambes et de son amour. Elle qui pense être un monstre parce qu'elle a été la semelle quand tu étais la fourmi. Si ce n'est pas l'ironie du sort qui l'a placée sur mon chemin, alors ce doit être toi.

Je perds du temps dans la salle de bains. Je suis tellement immergée dans mes réflexions que je reste bras ballants devant le lavabo et attends que le robinet me dise dans quel sens le tourner.

– Elina ! appelle papa derrière la porte. Tu vas tous nous mettre en retard.

Hier soir, il paraît que j'ai couru plus de quinze kilomètres. Le policier qui m'a ramenée à la maison s'est dit ébahi par un tel score après une seule semaine d'entraînement. Papa était agacé.

– Vous ne voulez pas la féliciter pour ses prouesses, tant que vous y êtes ? C'est presque une fugue, ce qu'elle vient de faire.

– Absolument pas, ai-je protesté. Courir est la seule chose qui me fasse du bien, voilà tout, ai-je expliqué au policier.

– Courir, a-t-il acquiescé, il n'y a rien de tel : une vraie bouffée d'oxygène. Mais votre père n'a pas tort, ce n'était pas une heure pour un footing, surtout pour une jeune fille. À la nuit tombée, on peut croiser des gens pas très nets.

– On ne choisit pas toujours l'heure à laquelle on a besoin d'oxygène.

– Bon, ça suffit. Monte te coucher, m'a ordonné papa.

– Je peux prendre une douche d'abord ?

– Ce serait sans doute préférable, a estimé le policier. Quinze kilomètres au bout d'une semaine, a-t-il répété d'un air admiratif.

J'ai cru que papa allait l'attraper par le col et le secouer, il se frottait les mains pour les empêcher de passer à l'action. En allant me coucher, je l'ai croisé sur le palier du premier étage et il m'a souhaité une bonne nuit. Il a hésité à dire autre chose mais il a baissé la tête avant de gagner sa chambre. Il n'avait pas l'air en colère, plutôt triste. J'ai entendu Sandrine hausser la voix. J'étais dans un état second et je n'ai pas compris tout de suite qu'ils se disputaient. Sandrine a éclaté d'un faux rire plein de rage : « Mais qui saura, si même toi, tu ne sais pas quoi lui dire ? Tu es son père ! » Ensuite ils ont continué de crier mais en chuchotant. Je ne percevais plus qu'un chuintement nerveux et je me suis endormie.

Quand je sors enfin de la salle de bains, ce matin, papa est figé devant la porte.

– Excuse-moi, dis-je, je ne suis pas très efficace aujourd'hui. Je me suis brossé les dents deux fois.

– Tu as mal dormi ?

– Non.

Nous nous regardons un moment dans les yeux, sans rien ajouter. Papa dit « Bon » et je hoche la tête. Il passe la main dans mes cheveux et pince les lèvres avant de s'enfermer à son tour dans la salle de bains. Sandrine est très attentionnée, mais elle a tort d'accuser papa : il n'y a pas de mot assez magique pour mettre de l'ordre dans une telle confusion. Je pense qu'il le sait. Il essaierait sans doute de me rassurer avec des formules qui n'arrangent rien, comme tout le monde le fait à tout propos, s'il ne percevait ma réticence à ce genre de bouillie verbale.

Je crois que je n'ai plus de colère. Je l'ai finalement épuisée.

– Qui a écrit *Sido* ? demande M. Saumure. Colette, répond-il sans attendre qu'un silence inutile achève d'endormir les rares élèves qui se tiennent encore droits. Qu'a-t-elle écrit d'autre ?

Il s'arrête un instant pour se masser les ailes du nez, remontant ses lunettes au-dessus de ses sourcils.

– La série des *Claudine*, dis-je nonchalamment.

Les lunettes retombent à leur place. Les bustes bien droits indiquent d'où venait la réponse.

– Elina ?

– Oui, monsieur ?

Il pousse un cri de duchesse qui verrait une souris sortir de sa théière.

– Je vais vous demander un petit instant, les enfants, je dois… Il faut que je…

– Mon père est déjà au courant, je précise.

– Eh bien dans ce cas. Revenons à Clotilde… à Coldine… Flûte ! Elina ?

– Colette, la série des *Claudine*.

– Évidemment !

M. Saumure agite les mains comme un chef d'orchestre attaqué par une nuée de moustiques. Puis il se masse le sommet du crâne, de sorte que ses cheveux y forment bientôt un toupet.

– De quoi parlent ces romans, déjà ? grommelle-t-il.

– Je ne sais pas. Ma mère les avait dans sa bibliothèque mais je ne les ai jamais lus.

Une goutte de sueur perle sur le front de notre professeur, juste sous le toupet. Quand la sonnerie retentit, M. Saumure s'effondre sur sa chaise, groggy. Je range mon stylo et mon cahier. Quand je quitte la classe, aucun de mes camarades ne s'est encore levé de sa chaise. J'ai envie de crier : « Bouh ! » Mais il est encore un peu tôt pour faire de l'humour.

Je ne cause aucun choc au professeur de mathématiques. Je n'ai jamais prononcé un mot pendant son cours, sinon pour bavarder avec Célia, et ça ne risque pas de changer. En revanche, je retrouve ensuite le plus grand plaisir de ma vie collégienne : parler anglais. Notre professeur, M. Clou, a fait une dépression cette année tant le niveau de ses différentes classes est lamentable. Un jour, il s'est assis au bord de son bureau, a ôté ses chaussures, ses chaussettes, et nous a confié qu'il demandait sa mutation depuis huit ans. Il a remis ses chaussures, mais ses chaussettes sont restées en boule au pied du bureau. M. Clou préfère désigner des élèves pour répondre à ses questions que d'y répondre lui-même comme le fait M. Saumure. Personne ne lève jamais la main pour participer spontanément au cours d'anglais, aussi M. Clou se méprend-il quand je le fais.

– Yes, Elina, you can go to the toilet.

– I don't need to, Mr. Clou. I'd rather answer your question, if you don't mind.

Il porte la main à son cœur et un filet d'air siffle dans sa gorge.

– Oh, oh, of course I, I, I doesn't.

Mes professeurs sont décidément très impressionnables.

– I don't, je le corrige.

Puis j'analyse la citation de Martin Luther King qu'il vient de nous soumettre. Il ne fait aucun commentaire, cligne des yeux, la main toujours sur le cœur. Puis il s'assied au bord de son bureau, ôte ses chaussures et ses chaussettes. Je crois que l'émotion lui donne chaud aux pieds. En remettant ses chaussures, il dit qu'il revient tout de suite.

– Son père est au courant, intervient Donovan.

– All right, then.

M. Clou se racle la gorge et le cours reprend. Les chaussettes restent en boule au pied du bureau. Je lève la main chaque fois qu'il pose une question. J'aime la sensation des mots anglais dans ma gorge et sur ma langue, j'avais oublié leur saveur si particulière. Hier encore, j'étais muette, et voilà que je m'écoute parler…

Pourtant je trépigne de partir et bondis de ma chaise dès que la sonnerie retentit : mon impatience ne peut pas être vraiment vexante pour M. Clou, après ma participation record au cours. J'ai hâte de voir Violette, de la rassurer, de lui expliquer ma colère épuisée, de lui demander si elle pense possible que tu m'aies menée jusqu'à elle. Je m'élance dans la cour quand une voix m'interpelle. Je m'arrête en dérapage pour faire face à Célia.

– Elina, dit-elle, si un jour tu as envie que je reprenne ma place à côté de toi en cours, n'hésite pas à me le dire. Mais je te laisse filer, on dirait que tu es pressée. À demain.

– À demain, Célia. Merci.

Je lui souris une seconde ou deux avant de repartir. Je décide de passer par la maison, mais de ne pas perdre une minute à me changer. Il y a plus urgent. D'ailleurs ne suis-je pas déjà en train de courir ? Je porte des sandales à semelles extra-fines et mon sac de dix kilos me tire en arrière, pourtant je cours aussi vite que je le peux. Je ne ferais même pas de crochet par la maison si je ne souhaitais offrir à Violette ma reproduction de Raoul Dufy : cette idée m'est venue d'un coup, comme une bulle qui éclate dans le cerveau et le chatouille au point que l'on ne peut se dérober à son injonction. Je dépose mon sac sur mon lit, et il y rebondit encore quand j'ai fini de retirer les punaises du mur, de rouler l'affiche et de dévaler l'escalier.

Violette n'est pas sous les ptérocaryers du Caucase, ni devant l'araucaria du Chili, ni à proximité des savonniers, elle n'est pas devant le carré des fleurs sauvages, ni devant celui des dahlias, ni entre les bassins asséchés, ni près de la serre équatoriale. Elle n'est nulle part. Je le craignais un peu : sans doute ma réaction d'hier soir l'a-t-elle déçue. Je ne peux pas continuer à m'enfuir chaque fois que quelque chose me bouleverse. Il vaudrait encore mieux pleurer.

Je me rends au petit trot jusqu'à sa résidence. Si seulement j'avais un vélo… Tu vois ce que je veux dire. Je déteste les vélos mais ils font gagner beaucoup de temps.

Je ne te trahis pas, tu sais ? Bien sûr que tu le sais. Si tu peux me voir de là où tu es, tu peux lire en moi et tu sais.

Je ne te trahis pas en poussant cette porte vitrée.

La concierge est assise dans l'escalier, entre les deux ascenseurs. Ses bras pendent de part et d'autre de son buste, presque jusqu'à ses pieds. Elle tient un chiffon dans la main droite et je suis surprise qu'il n'en tombe pas, tant son relâchement musculaire semble complet. Quand elle me voit, le tonus lui revient suffisamment pour lui permettre de se redresser.

– Vous cherchez Mlle Violette ? me demande-t-elle.

– Oui. Vous savez si elle est chez elle ?

– Non, elle n'y est pas. Elle a laissé une lettre pour vous.

– Elle a déménagé ?

– Déménagé ?

La concierge se lève en soupirant. Ce n'est pas un soupir malpoli, on dirait plutôt celui d'un bus quand le feu passe au vert. Elle m'invite à la suivre d'un mouvement de la tête. Mon corps me semble soudain très lourd. J'attends à la porte de la loge, des fourmis dans les gencives. Je regarde l'enveloppe que me tend la concierge et l'accepte d'une main tremblante. Elle est volumineuse et néanmoins légère, cette enveloppe de grand format en papier kraft sur laquelle il est écrit au marqueur : De Violette à Elina. Je ne l'ouvre pas, comme si je craignais un piège.

– Vous ne savez pas ? me demande la concierge.

– Qu'est-ce que je ne sais pas ?

– C'est bien ce que je pensais. Entrez.

La loge est une petite pièce chaleureuse, avec des calendriers de toutes les années depuis Jésus-Christ punaisés au mur. Sur leur couverture cartonnée, des photos de chevaux, de chiots, d'enfants vaporeux portant des chapeaux de paille. Je remarque aussi des coussins brodés sur la banquette, une toile cirée fleurie sur la toute petite table.

– Asseyez-vous, dit la concierge après avoir poussé un nouveau soupir de bus.

Je le fais, entre deux coussins roses.

– Mlle Violette… On ne sait pas ce qu'elle est allée faire sur le toit cette nuit, ni comment elle a bien pu… Son fauteuil est resté là-haut, mais elle…

– Quoi ?

Ma voix mousse, elle éclabousse ma boîte crânienne.

– Il y a huit étages. Vingt-huit mètres de haut, d'après mon mari.

J'ouvre fébrilement l'enveloppe, en tire une liasse de feuilles. La concierge se relève, soupir de bus, elle quitte la loge et ferme délicatement la porte derrière elle.

Feuille 1

Elina,

J'aurais pu me demander pourquoi tu avais perdu l'usage de la parole, pourquoi tu courais toujours dans le sens inverse des aiguilles d'une montre. Quand je t'ai dit que je pourrais être ta mère, je n'ai pas deviné pourquoi ta réaction était si viscérale. Pourtant tu sais combien je suis douée en devinettes, moi qui lisais dans ton esprit comme d'autres sur des lèvres. Sais-tu pourquoi je n'ai pas compris qui tu étais ? Parce que mon imagination n'est pas aussi tordue que la vie.

Feuille 2

Elina,

La possibilité que tu sois la fille de ma victime ne m'a pas effleuré l'esprit une seule fois. Si j'avais seulement envisagé cette possibilité, je n'aurais plus mis un pied (si je puis dire) au Jardin des Plantes. Sans doute serais-je restée cloîtrée dans ma petite chambre carrée pendant des mois, de crainte de te croiser. Vivre avec la conscience de ce que j'ai causé m'est bien assez intolérable sans que je doive affronter ton regard.

Feuille 3

Elina,

Je ne saurais te dire combien je suis désolée : quels mots pourraient le décrire ? Tu le mesureras peut-être si je te dis que j'aimerais pouvoir échanger ma place avec celle de ta mère. Je le pensais avant même de te connaître. Quelque chose en moi est bien plus abîmé que mes jambes, tu le sais, quelque chose qui ne peut être réparé. Cette chose ne se nomme pas, elle est ce qui permet de tenir debout mentalement. Les jambes de l'esprit. Pas vraiment la conscience, puisque je ne suis pas coupable à proprement parler – je ne peux être coupable de quelque chose qui s'est passé en mon absence, et le type d'épilepsie dont je souffre est une forme d'absence.

Feuille 4

Elina,

La logique aurait voulu que je sois celle qui ne survivrait pas à l'accident puisque c'est moi qui suis malade ou, pour être plus précise, affectée sur le plan neurologique. Si ta mère s'était trouvée dans une voiture et non sur un vélo, sans doute ne serais-je plus là pour souhaiter ne plus y être, ni pour refaire l'histoire.

Feuille 5

Elina,

Après l'accident, j'ai passé deux semaines dans le coma. Quand je suis revenue à moi, j'ai appris que je ne marcherais plus jamais, ni ne courrais, ni ne danserais. C'était déjà beaucoup. Mais un silence étrange autour de moi et les sourcils tombants de mon entourage m'ont suggéré qu'il y avait une autre mauvaise nouvelle. Je ne connaissais pas ta mère. On m'a dit son nom. On m'a dit qu'elle avait une fille de treize ans. Quelques jours plus tard, on m'a présenté ta grand-mère, on m'a dit que nous allions signer des papiers officiels qui m'épargneraient de passer en jugement. On ne juge pas une victime et j'étais une victime, moi aussi. Mais moins que ta mère.

Feuille 6

Elina,

Je ne te ferai pas l'injure de te présenter des excuses. Des excuses seraient bien légères face à des vies détruites – celle de ta mère, la tienne, et sans doute d'autres que je ne connais pas. Si cela peut t'apaiser, la mienne l'est aussi. Je suis dévitalisée, au même titre que mes jambes. Tu ne l'as sans doute pas perçu, parce que j'essayais de te le dissimuler. Je me serais sentie indécente si j'avais laissé paraître mon désespoir à une jeune fille dont la fragilité m'était immédiatement apparue. Pour toi, j'essayais de sourire : n'est-ce pas particulièrement ironique ?

Feuille 7

Elina,

Te rencontrer m'a donné l'illusion que je pouvais de nouveau vivre, juste un peu, et uniquement à travers toi. Par procuration, comme on dit. Tu pouvais être mes jambes, mes oreilles, ma jeunesse, tout ce que j'avais perdu d'un coup. Je n'avais pas écouté de musique depuis l'accident : la musique aurait été un réconfort et, si je voulais expier, je ne pouvais avoir envers moi-même autant de clémence. Le soir où j'ai enregistré pour toi la cassette de mes hymnes, je me suis de nouveau autorisé la musique. Celle de ma jeunesse, celle qui symbolisait l'espoir et la révolte – une saine révolte. Cette soirée a marqué pour moi un petit pas vers l'indulgence. Un petit pas au bord d'un vaste désert. Je n'aurais jamais cru que je pourrais un jour retrouver une étincelle, aussi ténue fût-elle. Mon étincelle, c'était toi.

Feuille 8

Elina,

Ne fais pas mes erreurs. Renoncer à la musique n'a jamais réparé aucune faute. C'est un crime de plus contre la vie. Oublie aussi ce que je t'ai dit à propos de tes chers andante con moto : on a le droit d'être mélancolique, quand on touche au sublime. D'ailleurs, la mélancolie, c'est déjà quelque chose. Notre ennemi, Elina, doit être le néant. Notre combat doit être d'y verser autant de sens et de beauté que nous le pouvons : un travail ininterrompu, comme celui des Danaïdes.

Feuille 9

Elina,

S'il y a une personne à qui j'aurais voulu ne jamais faire de mal, c'est bien toi. Jamais je n'aurais supposé que je t'avais infligé, avant même de te connaître, la plus terrible blessure possible. Une volonté malveillante n'aurait pas pu trouver de meilleure idée que de te mettre sur mon chemin et de te faire vomir dans les fougères sous mes yeux d'ancienne marathonienne.

Feuille 10

Elina,

Je crois qu'il n'y a pas de hasard. Je suis d'une nature plutôt rationnelle en règle générale, mais je n'arrive pas à croire que notre rencontre n'a pas un sens caché. Quelqu'un (ou quelque chose) veut me transmettre un message, mais lequel ? J'essaie de le deviner comme je devinais tes pensées : « Violette, me dit ce quelqu'un (ou quelque chose), tu n'as jamais vu ta victime, tu n'as jamais vu la moindre photo de son visage pour constater ce que tu as retranché au monde. Mais à défaut, tu peux voir sa fille, tu peux voir la douleur dans les yeux de sa fille, dans son mutisme, dans sa course effrénée. Si tu peux supporter une si lourde dette, tu es un monstre et tu ne mérites pas de vivre. »

Feuille 11

Elina,

Un jour, sans doute, tu reviendras vers moi. Tu le feras quand tu me jugeras non coupable – c'est ce que je suis, non coupable, quoique tourmentée par ma conscience, écrasée par le poids d'une irrémédiable affliction. Tu reviendras et tu apprendras sûrement ce que je m'apprête à faire. Ce sera fait, alors, j'ignore depuis combien de temps. J'ignore surtout comment tu vas réagir. Si tu seras soulagée ou en colère, si tu te sentiras trahie ou vengée, si tu me jugeras lâche ou courageuse, égoïste ou équitable. Le regard est susceptible des plus grands écarts. Moi, je ne sais pas ce que je suis, sinon incapable d'en supporter plus.

Feuille 12

Elina,
Le jour où tu as perdu la parole, j'ai perdu l'usage de mes jambes. Le jour où la parole t'est revenue, je ne me suis peut-être pas levée de mon fauteuil roulant mais tu as réintroduit le mouvement dans ma vie. Il est très différent de sentir le vent sur son visage et de fendre l'air. La sensation devrait être la même mais elle ne l'est pas. C'est le genre de nuance qui doit te plaire, à toi qui aimes soulever les apparences pour regarder ce qui se cache en dessous. À la force de tes bras et de tes jambes, pour la première fois depuis plus d'un an, j'ai ressenti la vitesse sur ma peau.

Nous sommes des créatures complexes. Nous n'avons pas qu'un système sensoriel, nous n'avons pas seulement cinq sens mais nous en avons un autre, plus fondamental, plus difficile à décrire, que l'on appelle la somesthésie. Des informations nous sont envoyées par des millions de récepteurs depuis la peau, les tendons, les articulations et les viscères. Jusqu'à la racine de nos poils, qui nous donne des indications extrêmement précieuses. Sans ce système, nous ne pourrions ressentir la pression, la douleur, la chaleur, et nous serions en danger constant. La vérité se joue à la racine du poil.

Feuille 13

Elina,

Tu le sais, la vérité ondule comme des herbes hautes dans le vent.

Feuille 14

Elina,

S'il te faut une preuve de mon innocence, que ce soit cet acte par lequel je rétablis une forme d'équilibre. L'équilibre d'avant l'épilepsie était beaucoup plus satisfaisant, je le sais. C'était un équilibre riche et lumineux ; je le remplace par un équilibre allégé. J'aimerais avoir d'autres choix. Pardon.

Feuille 15

Elina,

Je suis incapable de t'écrire une lettre cohérente. J'ai recommencé je ne sais combien de fois sans trouver le ton juste. Et même quand j'ai l'impression d'être sur la bonne voie, il reste trop de choses dans les recoins de mon esprit. Je suis vite débordée par tout ce que je voudrais te dire. Alors je laisse tomber. Je vais fourrer tous ces brouillons dans une grande enveloppe et te laisser assister aux soubresauts de ma pensée, puis je monterai sur le toit de la résidence avec mon vieux Walkman pour y écouter mes hymnes d'adolescence. Je vais lever le poing, je vais me lever. Je n'ai pas dansé depuis si longtemps…

J'ajoute une dernière feuille à cette missive. Punaise-la dans ta chambre.

Feuille 16

Tu as le droit de vivre. Tu en as le devoir.

Elle n'a pas sauté, elle dansait. Elle dansait, tout simplement, et elle a basculé. Non, je ne savais pas qui elle était, mais je la connaissais. Bien sûr, je fais une distinction. Vous, c'est l'inverse : je sais que vous êtes le lieutenant Beignet, en charge de l'enquête sur la mort de mon amie, mais je ne vous connais pas. Je n'ai aucune idée de ce qui est important pour vous. Je ne parle pas de la loi, ni de l'ordre, je ne parle pas de ce qui vous concerne en tant que lieutenant mais en tant que monsieur Beignet. Je connaissais suffisamment Violette pour comprendre ce que cela signifiait pour elle de danser au sommet des constructions humaines.

À mon avis, elle a pris l'ascenseur jusqu'au dernier étage et monté sur les fesses l'escalier de service qui seul mène jusqu'au toit. Elle a dû se hisser d'une marche à l'autre et tirant son fauteuil à mesure, le tout à la force des bras, jusqu'à la porte. Le plus difficile a dû être de pousser cette porte, qui est équipée d'un ressort très dur. Il fallait prendre garde à ne pas laisser le fauteuil glisser en bas de l'escalier pour ne pas avoir à tout recommencer, d'ailleurs le bruit aurait alerté les locataires du huitième étage. Une fois sur le toit, elle a déplié son fauteuil et trouvé le moyen de s'y soulever. Elle a lancé la musique dans son casque aux coussinets de mousse. Elle a sans doute écouté toute la cassette, face A, face B, puis remis la face A et dansé quand la bande est arrivée à *Summerhead*. Je suis sûre qu'elle a basculé pendant qu'Elizabeth Fraser chantait le refrain : *Safe at last / Seeing my thoughts are in order*.

Non, je ne suis sûre de rien. J'y ai réfléchi toute la nuit, j'ai essayé de lire dans son esprit. J'ai imaginé différentes versions et je pense que celle-ci est la plus vraisemblable, mais elle reste une histoire.

Oui, elle a renversé ma mère. Hier soir, elle a dansé pour l'oublier. Quant à moi, je lui ai pardonné. Sans doute la véritable liberté consiste-t-elle à questionner les principes. À se révolter contre les évidences. Ma mère vous aurait dit la même chose, je crois. Violette aussi. Ma mère aurait beaucoup aimé Violette. Dans une autre histoire, elles auraient été amies.

Papa voulait me dissuader d'assister à votre enterrement mais je ne l'ai pas écouté. Je l'avais entendu dire à Sandrine que vous étiez égoïste d'avoir basculé du toit en sachant que je devrais porter ce deuil supplémentaire. Comment prendre en compte les recommandations d'un individu au raisonnement si biscornu ? Les adultes disent souvent des choses étranges. Quand j'essaie de me représenter la configuration de leur cerveau, j'ai l'image d'un appartement que le FBI aurait mis sens dessus dessous en quête d'un document top secret, comme dans les films d'espionnage. Un bonnet de bain repose sur le carrelage auprès d'un allume-gaz, d'une pince à linge et d'une agrafeuse, et je vois l'adulte en question les ramasser puis les placer dans le même tiroir. Bref, je suis à votre enterrement.

À l'église, je rencontre vos parents, et Tom, votre ancien mari. Il y a aussi Isaac et Nanette Keperlée, ainsi que Marlène, la concierge de votre immeuble. Je ne connais pas les autres et ils ne me sont pas présentés. La plupart suivent vos parents après la cérémonie. Je reste avec Tom, Marlène et les Keperlée.

– Bonjour, me disent les Keperlée.

– Bonjour, je leur réponds.

– J'imaginais votre voix moins grave, observe Nanette Keperlée.

– Vous devez être la jeune fille muette ? devine Tom.

– Pas plus muette que vous et moi, objecte Marlène.

– J'aimerais ne pas rentrer tout de suite, dis-je. Je n'ai pas envie de rester seule aujourd'hui.

– Je ressens la même chose, marmonne Tom.

Je sens un sanglot traverser sa voix comme on perçoit parfois, du coin de l'œil, une ombre fugace dans la nuit.

– Allons prendre un rafraîchissement, propose Isaac Keperlée.

C'est ce que nous faisons. En route, Tom me dit que vous avez mis des livres et des cassettes audio de côté pour moi, et qu'il me les donnera en sortant du café. Vous lui avez écrit des tas de lettres inachevées, à lui aussi. Vous m'y désignez comme votre « jeune amie » et je m'aperçois que j'en suis fière. Je resterai pour toujours votre jeune amie, en suspens dans le continuum du temps. Même quand je serai une vieille dame bossue et que je jouerai au bingo dans une maison de retraite, je serai encore votre jeune amie. Et dans des millions d'années, les archéologues retrouveront cette amitié intacte, dans tout l'éclat de sa fraîcheur.

Au café, nous évoquons chacun notre tour des souvenirs de vous. Marlène nous raconte comment vous êtes devenues amies. Vous traversiez le hall de la résidence quand le jeune chat trop affectueux de votre concierge a sauté sur vos genoux. Vous l'avez caressé et lui avez dit :

– Quelle belle robe marbrée tu as ! Oui, je vois bien que tu es un mâle, mais tu n'en portes pas moins une robe. Ce n'est pas moi qui ai décidé que ça s'appellerait ainsi. Le mot *robe* prend en compte les couleurs et les motifs de ton pelage, ainsi que la longueur de tes poils. C'est scientifique, comme le kilt.

– Excusez-le, a dit Marlène en venant récupérer son animal, il aime tellement les câlins… Mais… Sans vouloir vous offenser, je ne vois pas ce que le kilt a de scientifique.

– Ce qui ne le serait pas du tout, avez-vous répliqué, serait de prétendre que l'homme est dans l'incapacité génétique de porter la robe. Le kilt n'est pas une exception mais l'amorce d'une révolution dans notre manière de considérer le monde. Une véritable théorie de la relativité.

– Vu sous cet angle… a reconnu Marlène.

« C'était un sacré phénomène », conclut Marlène en hochant tristement la tête. Elle pensait être votre seule fréquentation jusqu'à ce que je fasse mon apparition dans la résidence. Isaac et Nanette Keperlée pensaient la même chose avant que je ne pousse votre fauteuil dans l'allée des fougères au Jardin des Plantes.

– Nous ne l'avions jamais vue parler à qui que ce soit d'autre, nous explique Nanette. Elle nous a appris tous les noms de plantes que nous connaissons, et nous, nous l'avons initiée aux constellations. Certains soirs d'été, nous sommes restés longtemps tous les trois dans l'obscurité, à prononcer leurs noms, les bras tendus vers le ciel.

Tom cligne des yeux pour ne pas pleurer.

– Par le prisme de Violette, dit-il, les couleurs dansaient, les mots inventaient des mondes respirables.

Je sursaute en entendant ces mots, parce que ce sont exactement ceux que j'ai employés récemment pour vous parler de ma mère, dans une lettre que je ne vous ai pas écrite – il n'y en a donc aucune trace et je ne peux pas vous prouver ce que je suis en train de vous dire. Maman, toi, tu le sais. Si tu es auprès de Violette, peux-tu témoigner que je ne raconte pas une de ces histoires abracadabrantes que les gens inventent pour se rendre intéressants ?

Avant de nous séparer, Marlène, Nanette, Isaac, Tom et moi promettons de nous revoir et nous échangeons des numéros de téléphone, des adresses et des heures de promenade au Jardin des Plantes. Puis Tom me donne un sac de livres et de cassettes qu'il tenait à ma disposition dans le coffre de sa voiture, ceux que vous avez choisis pour moi, ainsi qu'un petit mot de votre écriture :

« Elina, n'oublie jamais qu'il existe deux sortes de temps. Ainsi, le temps cyclique est celui des jours, des saisons ou des années, tandis que le temps linéaire est celui des petites histoires et de la grande Histoire. Ils se déroulent simultanément et s'entremêlent sans se contrarier, mais la perception que tu as de l'un et de l'autre peut changer le sens de ta vie. Je te propose une comparaison : une même chanson peut être jouée par un disque ou par une cassette audio, ce sera la même chanson. Mais le disque tourne en rond, emprisonnant l'aiguille dans son sillon, tandis que parfois la bande magnétique s'évade. Elle s'accroche furieusement à la tête de lecture, la musique s'interrompt et, quand tu ouvres le clapet de l'appareil, elle te saute au visage comme un joyeux serpentin. Parfois tu peux la rembobiner du bout du doigt ou à la pointe d'un stylo, et parfois tu ne le peux pas, parfois la bande ne veut pas revenir. Les histoires aident à ne pas tourner en rond. Voici quelques-unes de celles qui m'ont le plus portée au cours de ma vie, au cas où tu aurais envie de t'y plonger, un de ces jours. Je sais que tu ne crois plus aux histoires, et tu as raison de dire qu'elles ne sont pas la vérité. Mais l'inexactitude peut être une forme de liberté. La vérité n'est pas toujours le monde le plus habitable auquel nous ayons accès. Ne tourne pas en rond, Elina. »

– Oui mais comment faire ? je vous demande à voix haute.

Puis je rentre à la maison.

– Comment tu te sens ? me demande papa.

– Mal. Tu n'aurais pas un Walkman ?

– Un Walkman. Si, bien sûr, mais… ton baladeur numérique ne fonctionne déjà plus ?

– Si.

– Bien, dit-il. Très bien. Je dois avoir conservé quelque chose dans le genre à la cave. Je n'aime pas tellement jeter des objets qui peuvent encore servir, précise-t-il avec un regard d'excuse à Sandrine. Je crois l'avoir rangé près du poêle à pétrole que j'utilisais dans ma chambre d'étudiant. Je vais aller le chercher.

Il descend à la cave et nous entendons bientôt des bruits de ferraille dans les tréfonds de la maison, des bruits évoquant la chute de soixante-quinze bidons vides, puis il semble qu'autant de couvercles tournent sur eux-mêmes avant de s'immobiliser. Sandrine et moi haussons les épaules, et j'emporte mon héritage de vous dans ma chambre. Je lis le titre des livres avant de les empiler sur mon bureau. Je me dis que, pour les livres, je verrai plus tard. D'abord la musique.

Papa m'apporte bientôt un Walkman encore plus volumineux que le vôtre. Je le remercie. J'ai déjà enfilé mon short et mon T-shirt, je n'ai plus qu'à insérer des piles et une de vos cassettes dans l'appareil préhistorique, faire entrer celui-ci dans ma poche et sortir.

Je ne choisis pas la cassette, je la tire au sort. Sur son étiquette, vous avez écrit à l'encre noire « Sonic Youth – *Goo* », d'une écriture stylisée – je n'ai pas besoin de connaître la pochette du disque pour deviner que cette graphie si particulière en est inspirée.

Mes oreilles profanes trouvent rapidement un point commun entre les groupes que vous aimiez à mon âge : leur son n'est pas propre. Émaillé de tintements, de crépitements et de stridences, il grésille, bourdonne, crache et hurle de longs larsens ; il plane, hypnotique ou menaçant, puis s'emballe, fuse et tourbillonne ; parfois encore il coule, épais et grumeleux, aussi impérieux qu'une lave en fusion. Ici les guitares ont la puissance sonore d'hélicoptères et la batterie semble épileptique, comme vous. Je suis bien loin de mes andante con moto, loin aussi des sons lissés qui passent à la radio, petites billes synthétiques dont rien ne dépasse. Vos musiques sont piquantes, abrasives, brûlantes. J'essaie d'imaginer à quoi ressemblait votre vie quand vous étiez familière de leur violence et de leur noirceur, mais il manque une information pour que mon histoire tienne, l'histoire de l'adolescente que vous avez été : pourquoi aviez-vous besoin de cette musique ? Aviez-vous perdu quelqu'un ou quelque chose, vous aussi ?

Au Jardin des Plantes, une phrase de votre petit mot s'impose à mon esprit : « Ne tourne pas en rond, Elina. » C'est pourtant ce que je suis en train de faire, à mon habitude, autour des bassins asséchés, de la serre équatoriale et des essences végétales que vous connaissez si bien. Depuis trois tours, je ne fais que tourner en rond. « Tu devrais t'entraîner plus souvent sur bitume », m'avez-vous dit un jour. « Nous allons te préparer pour le marathon, qu'en penses-tu ? »

– Que je vais quitter mon orbite, je vous réponds aujourd'hui à voix haute.

Et je me dirige vers la sortie du jardin.

Mme Masse me fixe d'un regard compatissant. J'aimerais prendre ce regard entre les mains et le secouer comme un tableau magique pour pouvoir y dessiner autre chose. J'évite de loucher vers la reproduction de Raoul Dufy, qui a sur moi un pouvoir hypnotique peu approprié à la circonstance. D'autre part, elle me rappelle ma propre affiche, qui n'aura jamais orné votre chambre ni n'ornera plus jamais la mienne. J'ignore ce que Marlène en a fait, elle ne s'assortirait pas très bien avec ses calendriers.

– Est-ce que tu considères ton père comme coupable ? m'interroge Mme Masse.

– Coupable de quoi ?

– De la mort de ta mère ? De celle de ton amie ?

– Mon père ne conduisait pas la voiture de Violette le jour où elle s'est découverte épileptique, et il n'était pas non plus sur le toit de son immeuble quand elle en est tombée. De toute façon, mon père n'est pas le sujet du jour, je ne suis pas venue ici pour laver sa conscience.

– Bien sûr que non, balbutie la psychologue. Je veux juste m'assurer que tu ne vois pas en lui un ennemi.

– Êtes-vous ma psychologue ou l'avocate de papa ? Vous, les adultes, il vous faut toujours des coupables, et vous n'êtes apaisés que quand votre propre innocence est établie. Vous ne voulez pas admettre que certaines choses n'ont tout simplement pas de sens, qu'il faut les accepter sans compensation morale et avancer toute sa vie sous leur poids. La douleur, c'est le danger, quand on est en vie.

Je ne précise pas que cette dernière déclaration est une citation de vous. Je l'ai prononcée spontanément parce que je me la suis appropriée. J'y souscris comme à une inexactitude. En l'occurrence, je la trouve plus crédible encore que le vieillissement prématuré du personnel aérien. Mme Masse, elle, écarquille les yeux. Le silence s'installe et je dois mettre une main en visière pour ne pas plonger dans la reproduction de Dufy. Finalement, elle cligne des yeux et prend une profonde inspiration.

– Qu'est-ce que tu attends de nos séances, Elina ?

– Je suis déprimée, vous êtes psychologue : vous pouvez peut-être m'aider.

– Comment as-tu retrouvé la parole ?

– Violette l'employait à bon escient, je suppose que ça m'a encouragée.

– Et ton père, non ?

– Non.

– Pourquoi ?

– Il pose des questions rhétoriques, qui n'attendent pas de réponses puisqu'il les connaît déjà. Vous faites la même chose. Quand vous me demandez si mon père se sert du langage à bon escient, ma réponse est incluse dans votre question : vous ne demandez pas « Et ton père ? » mais « Et ton père, non ? ». Vous savez que je ne vais pas m'exclamer « Oh si ! ». Vous suivez un protocole, vous posez des questions inutiles parce que vous craignez de sauter une étape dans notre cheminement.

Mme Masse se racle la gorge. Hoche la tête. Fronce les sourcils.

– Tu es sujette aux migraines ? La lumière est trop forte pour toi ?

– Non, j'évite seulement de regarder votre reproduction de Raoul Dufy.

Elle se tourne vers l'affiche dont je me cache, puis me refait face.

– Veux-tu que je la décroche ?

– Je peux garder la main en visière. Comme vous préférez.

Elle choisit de décrocher la reproduction. Le cadre laisse un rectangle jaune pâle sur le mur encore plus jaune, ocré par le temps. Ce vide coloré me rappelle les chaises inoccupées sur la toile de Dufy. Par ailleurs, on pourrait avoir l'impression que le tableau a laissé une trace sur le mur, alors qu'il a fait l'inverse : il l'a protégé. La trace est partout ailleurs, tout autour du rectangle jaune. La peinture est restée indemne sous le cadre, de sorte que l'absence du cadre révèle les ravages du temps sur la surface qu'il ne protégeait pas. Le cadre est en somme une non-trace qui éclaire le passage du temps dans le cabinet de Mme Masse, aussi je garde la main en visière.

– Tu peux baisser la main, Elina, m'informe la psychologue.

– Non.

– Pourquoi pas ?

– Le vide qu'a laissé le tableau dit la même chose que le tableau.

J'entends Mme Masse déglutir.

– Vraiment ? Et… Que disent-ils ?

– Que la ligne de départ et la ligne d'arrivée sont une seule et même ligne.

Eurêka ! Voilà ce que mon ami Raoul essaie de me signifier depuis que tu es partie, maman, et je m'en rends compte incidemment, au détour d'une discussion poussive.

– Fais-tu référence à la Genèse ? s'enquiert Mme Masse : « Tu es poussière et tu retourneras à la poussière » ?

– Non.

– D'accord. Alors peux-tu m'expliquer ce que représente pour toi cette ligne de départ et d'arrivée ?

– Oui, puisque je viens justement de le comprendre. En vous répondant, j'ai formulé la vérité que je cherchais depuis un an.

Mme Masse rajuste le col de sa chemise et se trémousse sur sa chaise avec un sourire plein de fierté. Je ne suis pas sûre d'avoir progressé grâce à elle, encore que ce ne soit pas totalement exclu, mais ça ne m'ennuie pas qu'elle s'en glorifie. Chacun trouve des petits plaisirs où il peut. Je lui explique les chevaux qui partent ou qui arrivent, le cadre dont l'absence indique la présence du temps, les chaises et le rectangle vides qu'habitent des fantômes.

– Je la trouvais joyeuse, cette toile, dit rêveusement Mme Masse, c'est pourquoi je l'avais choisie. On peint les murs en jaune pour apaiser les esprits, et l'on choisit des toiles de ce genre, colorées, sans gravité, figuratives sans être tout à fait réalistes. On se dit qu'aucun patient ne risquera d'être perturbé par une image de ce genre.

– Je ne suis pas perturbée, je réfléchis.

– Tu as la main en visière, objecte la psychologue du même air songeur, les yeux perdus dans le vide.

– Je l'ai enlevée, dois-je signaler pour qu'elle me regarde à nouveau. Vous pouvez raccrocher la reproduction. J'irai rechercher la mienne chez Marlène, elle me servira de pense-bête géant : « N'oublie pas que la ligne de départ et la ligne d'arrivée sont une seule et même ligne. » Juste à côté, je punaiserai le mot d'ordre de Violette : « Tu as le droit de vivre. Tu en as le devoir. »

– Elle a raison, Elina, mais pour y parvenir, il faut que tu acceptes la… les pertes. Tu peux vivre avec les fantômes, bien sûr, mais pas uniquement avec eux, pas enfermée dans ta chambre tapissée de leurs draps blancs.

– Je n'ai pas dit ça. De toute façon, ma chambre est trop petite pour le marathon.

– Très bien, cours un marathon, je t'y encourage, mais ne le fais pas en hommage à un fantôme.

– Pourquoi pas ?

– Eh bien… ce ne serait pas très positif…

– Les défilés du 11 novembre le sont-ils ?

– Ce n'est pas la même chose.

– Je sais.

Je remarque un voile de transpiration sur le front de ma psychologue.

– Nous poursuivrons la semaine prochaine, dit-elle, je vois que nous avons dépassé l'heure.

– Cette discussion m'a été très utile, dis-je, merci.

Mme Masse arrondit les yeux. Elle n'ajoute rien.

Dehors, les choses sont plus compliquées. Le néant m'attend au seuil du centre médico-psychologique. Je ne sais de quoi le remplir, alors je me contente de le rayer. Je cours à travers lui de la même manière que les enfants dessinent des nuées de gribouillis sur une feuille blanche. Il en ressortira bien quelque chose, à un moment ou un autre, une forme reconnaissable, un embryon de sens, se dit-on sans y croire vraiment, simplement pour se donner un alibi. Le mouvement perpétuel existe, dans le cerveau de ceux qui ont tout perdu mais continuent quand même à vivre. C'est une tache de lumière sur la rétine, que l'on poursuit sans fin parce que l'on a besoin de croire. Parce que, si l'on ne croit plus, on ne peut plus avancer, le monde devient un cagibi. Mieux vaut un alibi qu'un cagibi.

Je ne cours plus en rond dans un petit jardin, désormais je cours dans les rues désertes de l'été, j'étends mon territoire de jour en jour, mais je ne peux vous y retrouver nulle part. Je pourrais sonner et frapper à chaque porte sans que le miracle se produise, puisque je cours dans un monde que vous n'habitez plus ni l'une ni l'autre. Pourtant quelque chose en moi m'aide à jeter un pied devant l'autre sur le bitume. Je profite de ce répit que m'offre le mouvement pour faire un inventaire de ce qu'il me reste au monde, et pour prendre des décisions très compliquées telles que : dois-je partir en vacances, cet été, pour ne plus voir le vide là où vous l'avez laissé ? Pour ne plus devoir affronter le rectangle jaune sur fond jaune ? Où serai-je moins seule ? Sur une plage où vous n'avez jamais posé votre serviette, ou dans des lieux qui se souviennent de vous ?

Mes pas m'amènent naturellement chez mamie. Quand son visage m'apparaît, je pleure si fort qu'elle doit me soutenir pour me faire entrer.

– Ne m'abandonne jamais, je hoquette.

Sa gorge fredonne un gémissement qui signifie : « Ma pauvre chérie, ce n'est pas moi qui en décide. »

Je suis au courant, je voudrais juste l'oublier.

J'entre dans le Jardin des Plantes en robe. Je parcours les deux tiers de mon ancienne boucle avant d'apercevoir les Keperlée. J'ai mal au cœur de voir qu'ils continuent de prendre racine ici tandis que je rayonne maintenant jusque dans la banlieue, mais tout le monde ne peut pas suivre la même évolution au même moment, à la même vitesse et dans le même but. J'essaie de ne pas voir de la tristesse partout et je remonte mon sourire comme des bretelles avant de héler mes nouveaux amis.

– Te voici, sourit Nanette. Nous venions prendre des nouvelles de nos chères fougères avant de passer à table.

– Je n'ai croisé personne : nous sommes les premiers.

– Tom passe chercher Marlène à la résidence. Ils ne vont pas tarder.

Nous gagnons une table de pique-nique. Nous étendons une nappe sur le plateau en bois massif, disposons les assiettes et les verres (les Keperlée ont refusé le carton et le plastique, pour des raisons écologiques). Marlène et Tom traversent la pelouse avec des paniers de victuailles. Moi, j'ai acheté des macarons multicolores avec mon argent de poche. Nous nous installons tous. C'est étrange, un pique-nique sans rires ni musique. Mais au moins, nous sommes tous ensemble et, parce que nous le sommes, c'est comme si vous étiez là, vous aussi, assise à notre table.

– Aujourd'hui, dit Tom, j'ai trouvé une chaussette.

Il reprend une bouchée de salade et observe tout le monde avec curiosité. Marlène secoue la tête d'un air réprobateur, tandis qu'Isaac et Nanette écarquillent les yeux.

– Il y a des gens bizarres, sur cette planète, déclare Marlène.

– Et même dans l'espace, apparemment, lui sourit Nanette.

– Ne me dites pas que c'est la chaussette d'un petit homme vert...

– Je ne comprends pas, dis-je à voix basse.

Ils me regardent tous un instant, perplexes, puis éclatent d'un rire qui aurait semblé impossible il y a encore une minute. Et je les comprends : vous ne m'avez jamais dit que Tom travaillait au recensement des débris spatiaux. Je ris à mon tour, surprise de sentir mon corps en proie aux soubresauts de joie. Puis je regarde le couple d'astrophysiciens, la concierge de votre immeuble, et il m'apparaît soudain que Tom est en quelque sorte le concierge de l'univers.

– Je comptabilise uniquement les débris d'origine humaine, précise-t-il, ceux qui proviennent de l'exploitation de l'espace – des restes de lanceurs ou de moteurs, des boulons et autres fragments métalliques, des outils perdus par les astronautes lors de leurs sorties, ou encore des éclats de peinture. Nous recensons jusqu'aux déchets qui ne mesurent pas plus d'un millimètre : il y en a des centaines de millions en orbite autour de la Terre. En orbite basse, ils peuvent tourner à huit kilomètres par seconde.

– Est-ce qu'ils tournent dans le sens des aiguilles d'une montre ?

Cette question prouve qu'il me reste des traces de superstition dans un recoin du cerveau. Ce mauvais pli n'échappe pas plus à Tom qu'il ne vous aurait échappé.

– Tu penses en deux dimensions, Elina, mais ça ne se passe pas comme ça dans l'espace. Il y a des orbites héliosynchrones et géocentriques, des orbites progrades et rétrogrades, à différents degrés d'inclinaison.

– Oh, dis-je.

Je me sens privilégiée, au cœur de cette discussion dont je ne maîtrise pas le lexique mais dont personne ne cherche à m'exclure.

– Il y a autant d'orbites possibles que de nez possibles, opine Nanette Keperlée.

– En êtes-vous bien sûre ? grimace Marlène, sceptique. J'en ai vu, des nez, dans ma vie, et j'aime autant vous dire qu'il n'y en a pas deux pareils.

– Ma comparaison est sans doute mal choisie, reconnaît Nanette Keperlée.

Je crois que nous aurions tous envie d'entendre votre avis sur les orbites et les nez. Moi, en tout cas, j'essaie d'imaginer quelles élucubrations ces deux termes vous auraient inspirées. Peut-être quelque chose à propos du nez de Cléopâtre, dont Blaise Pascal a écrit que « s'il eût été plus court, toute la face de la Terre aurait changé ». On rapproche souvent de cette Pensée une interrogation qu'a eue, longtemps après, un météorologue du nom de Lorenz : « Le battement d'ailes d'un papillon au Brésil peut-il provoquer une tornade au Texas ? » C'est mamie qui m'a raconté tout ça. D'abord, je me dis qu'un boulon en orbite pourrait avoir le même effet sur l'univers que le nez de Cléopâtre sur la face du monde. Puis soudain, je prononce à voix haute ce qui s'avère une véritable divagation :

– Et si le nez de Cléopâtre avait provoqué au Texas une tornade assez puissante pour faire sortir la Terre de son orbite autour du Soleil ?

– Pardon ? grimace Marlène. Cette petite est perturbée.

– Je trouve ça très poétique, proteste Isaac.

– Violette aurait beaucoup aimé cette phrase, confirme Tom.

– Nous-mêmes, nous constituons une espèce de constellation, songe Nanette : la constellation de Violette.

– Moi, j'en ai deux, dis-je. Une autre est la constellation de Lucie, une toute petite constellation composée seulement de ma grand-mère, ma mère et moi.

– Plus tu grandiras, plus tu en auras, dit Isaac. Des constellations.

– Ce sera encore plus de tracas, je soupire.

– Tu connais l'histoire de la fille qui ne voulait pas tomber amoureuse au cas où elle perdrait un papier plié ? s'enquiert Tom.

– Oui.

Et comme nos amis n'en ont jamais entendu parler, Tom et moi la racontons, prenant la parole à tour de rôle. Elle prend un tel relief à la jonction de nos deux voix que l'on croirait une histoire tirée d'un livre.

– De qui est cette nouvelle ? demande d'ailleurs Nanette.

– C'est une tradition orale, la corrige Tom. Violette en est l'origine.

Bien sûr, j'ai passé le brevet des collèges. Je l'ai eu sans problème. Si tu avais été là, maman, nous l'aurions sans doute fêté, mais tu n'étais pas là et il n'a été qu'une formalité dans le cours de ma vie.

Célia m'a proposé de partir avec elle au mois de juillet. J'ai hésité avant de décliner. Je l'ai remerciée une seule fois mais avec conviction. J'imagine qu'il n'avait pas dû être facile pour Célia et ses parents de se décider à m'inviter. Une jeune fille qui n'a pas parlé pendant un an et qui vit dans l'ombre de la mort n'est pas exactement le genre de personne que l'on rêve de recevoir dans son bungalow en bord de mer pour évacuer les tensions de l'année. Ils étaient pourtant prêts à le faire pour me soutenir. Mamie a secoué la tête quand je lui en ai parlé.

– Je ne te juge pas, m'a-t-elle dit, mais je regrette que tu n'aies pas accepté.

– Je préfère rester avec toi, si ça ne t'ennuie pas.

– Bien sûr que non, ça ne m'ennuie pas, mais je persiste à croire que le changement de décor te serait salutaire. Attends un instant.

Mamie a composé un numéro de téléphone. J'ai vite compris qu'elle appelait papa. Elle lui a demandé si elle pouvait se joindre à nous au camping « en qualité de chaperon », a hoché la tête plusieurs fois et m'a lancé un regard triomphant. Elle souriait encore quand elle a raccroché.

– Jamais une vieille n'a été accueillie avec un tel enthousiasme dans un mobile home, s'est-elle esclaffée.

– Tu veux dire que papa et Sandrine se réjouissent de sacrifier deux semaines en tête-à-tête à une dépressive ?

– Et à une vieille. Je ne sais même pas si j'ai encore un maillot de bain à ma taille.

Nous avons beaucoup ri, ce jour-là, et je ne m'en sentais pas coupable : rire n'est finalement pas très différent de pleurer, crier, danser, ruer dans les châteaux de sable ou courir au rythme d'hymnes adolescents.

Maintenant nous sommes dans le train, sans papa ni Sandrine, qui ont préféré partir en voiture. Mamie et moi, nous ne sommes pas exactement les amies des voitures. Je somnole, la tempe contre la vitre, baignée de soleil. Auprès de moi, mamie lit un journal, j'entends les pages tourner à intervalles plus ou moins longs, de même que j'entends des bavardages dans le lointain. Tous ces sons me paraissent amortis par l'atmosphère confinée du train, ils me bercent agréablement. Ils forment une musique dans laquelle je sens bruisser la vie, et je peux en faire partie. Si je me redresse maintenant et demande mon sandwich à mamie, je participerai à la musique paisible de la vie ferroviaire, et l'emballage de mon sandwich aussi, quand je l'ouvrirai.

– Ce sont des discussions tamisées, dis-je à mi-voix.

– Pardon, ma chérie ? Des discussions tamisées ? Je ne suis pas sûre que ça se dise.

Je m'étire.

– Bien sûr que si : je viens de le faire, le train n'a pas déraillé, et je ne pense pas que le monde ait quitté son orbite.

– Ce n'est pas faux.

– Rien de ce qui est émotif ne peut être faux, puisque l'émotion n'est pas une question de vrai ou de faux. Le raisonnement le plus imparable ne changerait rien à ce que j'éprouve. J'entends des discussions tamisées avec la même force que je ressens le vide en moi. Rien de ce que l'on pourrait me dire pour me convaincre que je ne suis pas seule ou que la vie est belle et lumineuse, aucun argument ne pourrait me consoler autant que ces discussions tamisées. Elles *sont* tamisées.

Mamie pose un baiser réparateur au sommet de mon crâne. Puis nous déshabillons nos sandwiches de leur papier aluminium. Mamie a insisté pour que nous les préparions nous-mêmes ce matin plutôt que d'en acheter tout faits. Dans ce voyage, disait-elle, tout doit être une petite fête. Alors nous avons fait des œufs durs, une mayonnaise maison, nous avons coupé le fromage, les tomates et les feuilles de salade. Le pain était encore tiède. Nous avons dû courir en traînant nos valises à roulettes pour ne pas être en retard à la gare.

Quand le train arrive à notre destination, je me rends compte que je suis déçue : j'aimais être en mouvement, ce qui revient à n'être véritablement nulle part. Papa et Sandrine attendent sur le quai, seuls devant un paysage de broussailles desséchées. Ils portent des bermudas et des tongs et se tiennent par la main. Un coup de soleil dépasse des manches courtes de papa, pourtant il n'est arrivé qu'hier après-midi. Le ventre de Sandrine saille légèrement sous son débardeur, elle le tient avec sa main libre comme si le fœtus risquait de s'échapper. Ils pourraient m'agacer mais, curieusement, ils m'attendrissent.

– Ça va aller, me rassure mamie.

– Tu crois que je vais y arriver ? je lui demande.

– Accroche-toi à moi, ma chérie.

C'est ce que je fais pendant les deux semaines de nos vacances. Mamie me lit des extraits de livres que vous m'avez légués, Violette, et que j'ai choisi d'apporter ici ; je ferme les yeux, j'accepte le voyage qu'ils me proposent dans la ville, l'époque ou le cerveau d'un autre que moi. Je finis par prendre *La Vengeance de la pelouse* dans les mains de mamie pour en poursuivre moi-même la lecture, et elle déplie alors un journal avec un sourire satisfait. Les histoires saugrenues et poétiques de Richard Brautigan me réconfortent comme pourrait le faire la voix d'un ami.

Souvent, mamie et moi prenons le bus pour aller dans des villages voisins, je pose la tempe contre la vitre et, comme dans le train, je laisse les sons me raconter le bruissement de la vie. Là où nous allons, les plages sont plus petites et moins fréquentées que celle du camping. Quand la mer n'est pas trop agitée, je reste posée sur le dos à sa surface, comme un bâton de bois flotté. L'arrière de la tête immergé, j'écoute l'écho profond et sourd des mouvements sous-marins, je devine leur puissance. Pourtant, des voix grêles se détachent sur ce grondement ininterrompu. Je reconnais le langage humide des poissons, fait de labiales et de bulles si nombreuses qu'elles moussent à l'oreille. Sur la plage, mamie emplit le silence de papier journal.

– Pourquoi tu lis la presse locale ? je lui demande. Tu ne connais rien ni personne ici. Même les noms de villages ne ressemblent pas à ceux dont nous avons l'habitude, ils ont des sonorités aztèques.

Mamie se renverse en riant sur sa chaise pliante.

– Aztèques, répète-t-elle. Tu n'es pas si loin du compte… Parfois, il suffit de traverser une rue pour avoir affaire à des êtres qui ne pensent pas de la même manière que toi, ne croient pas aux mêmes choses que toi et ne donnent pas tout à fait le même sens aux mots que toi. Quand je pars en vacances, j'aime bien lire des journaux qui me le rappellent. J'aime bien me perdre quand je voyage, même si je ne fais que voyager dans un quartier de ma propre ville où je n'ai rien de particulier à faire. La curiosité commence là où l'utile n'a plus cours.

– Je m'en rends compte quand je cours. Depuis que j'ai abandonné mon périmètre, je précise.

– Nous sommes de véritables exploratrices, ma chérie. Il fallait une âme de Christophe Colomb pour trouver cette plage dont nous sommes à cette heure les seules bénéficiaires, et il faut la curiosité d'un Champollion pour lire cet article qui raconte la réfection du bac à fleurs municipal que nous avons pu admirer à la descente du bus.

Avec mamie, les deux semaines passent très vite.

Papa a tellement insisté pour m'organiser une vraie fête d'anniversaire que j'ai fini par accepter : je me suis dit, « Elina, fais un effort, fais-lui plaisir en lui donnant l'illusion d'être un père exemplaire ». Il m'a demandé qui je souhaitais inviter ; je lui ai fourni la liste exhaustive de mes amis : mamie, Célia, Tom, Marlène, Isaac et Nanette Keperlée. Si l'on nous comptait, Sandrine, papa et moi, nous n'étions pas loin d'atteindre les dix personnes.

– Isaac et Nanette Keperlée sont frère et sœur ? a-t-il demandé en lisant ma liste.

– Mari et femme.

– Ce sont des adultes, a-t-il dit.

Je n'ai pas répondu, parce que je n'avais pas entendu de point d'interrogation, et que, d'autre part, je ne connais aucun mineur marié.

– Bien, a-t-il dit sur un ton qui disait tout l'inverse de « Bien » (un ton plutôt contrarié).

Je suis née le 15 août : un jour férié, le jour où la Vierge Marie est censée avoir accédé au Ciel, corps et âme intacts, comme neufs. L'été de mes quinze ans, Tom, Marlène, Isaac et Nanette ont sonné à la porte en même temps, ils s'étaient donné rendez-vous au coin de la rue pour arriver ensemble. Le doigt sur la sonnette était celui de Marlène, et mes trois autres amis étaient quasiment cachés derrière sa large silhouette. Papa leur a dit qu'il n'était pas croyant et qu'il n'avait besoin de rien. J'ai dû intervenir pour lui expliquer qu'ils n'étaient ni des témoins de Jéhovah ni des représentants de commerce, mais tout simplement mes invités.

L'après-midi s'est plutôt bien passé. Mamie a trouvé tout le monde sympathique, et Célia, si elle n'a pas beaucoup parlé, buvait les paroles de mes nouveaux amis. Quand l'heure du gâteau est arrivée, tout le monde a entonné « Joyeux anniversaire » sur l'impulsion de papa. Je suis sûre que, s'il n'avait pas joué les maîtres de chœur, nous aurions échappé à cet embarras.

Mamie m'a offert des baskets spéciales pour les longues distances ; Célia, des lunettes de soleil fantaisie d'inspiration rock'n'roll ; Tom, une de ses cassettes préférées de tous les temps ; Marlène, un calendrier arborant l'image d'une jeune fille juchée sur un poney dans un flou vaporeux ; Nanette Keperlée, son premier télescope ; Isaac Keperlée, une affiche encadrée intitulée « Planisphère des étoiles australes dressé par M. l'Abbé de La Caille, *Atlas Coelestis*, 1776 ».

Il me restait à ouvrir le cadeau de papa et Sandrine. J'ai tiré sur le ruban, décroché les bouts de Scotch sur le papier glacé, ouvert une boîte en carton. Il y avait là des vêtements de sport d'aspect satiné aux couleurs fluorescentes, une montre chronomètre « spéciale running » capable de calculer les distances parcourues, la vitesse, le rythme cardiaque et les calories brûlées, une gourde sac à dos et un certificat d'inscription au marathon de la ville, qui aura lieu en novembre. J'ai refoulé des larmes, ce qui a toujours pour effet de me faire éternuer. Au huitième éternuement, j'ai quitté la pièce en courant. Je me mouchais bruyamment dans la salle de bains quand mamie a frappé à la porte.

– Tu es très déçue ? m'a-t-elle demandé.

– Il ne saura donc jamais qui je suis ?

– Ton père est maladroit, ma chérie, mais il est bien intentionné. Accepte son cadeau, pour lui faire plaisir.

– Parfois j'en ai assez d'être attentionnée pour deux. Tu ne crois pas que ça devrait être l'inverse ?

– Beaucoup de choses ne sont pas telles qu'elles devraient être. Que veux-tu faire ? Refuser le cadeau ? Ton père ne le comprendrait pas.

– Je sais, ai-je reniflé.

– En plus, cette inscription a dû lui coûter cher.

– Comment ça ? Il faut payer pour courir ? C'est absurde !

– Je n'aurais pas dû te le dire.

Mamie s'est mordu les lèvres. Je me suis réfugiée dans ses bras et elle a massé mon dos d'une main compatissante. Puis nous sommes revenues dans le salon avec un visage placide.

– Le pollen, a dit mamie. Pauvre petite, subir si jeune de telles allergies…

J'ai remercié tout le monde pour les cadeaux et noyé toute forme de commentaire dans la crème pâtissière. Loin d'en profiter, papa m'a relancée sur le sujet :

– Tu as vu, on t'a attribué le dossard numéro 1974 : l'année de ma naissance.

– J'aurais préféré un nombre premier.

– On ne choisit pas, m'informe Sandrine, on est numéroté dans l'ordre d'inscription.

– Pourquoi un nombre premier ? m'a demandé papa.

– Quitte à porter un matricule, j'aurais préféré qu'il me ressemble.

– Les nombres premiers te ressemblent ?

– Oui, à part 2.

– Pas 2, en effet, a confirmé Nanette.

Personne n'a plus posé de question après ça et nous avons pu parler d'autre chose. Nous avons écouté la cassette que Tom m'a offerte, sur un magnétophone que papa est parvenu à exhumer de la cave. Elle ne comporte qu'une seule pièce en plusieurs morceaux répartis sur les deux faces et s'appelle *Ursonate*. Cette pièce est l'œuvre d'un peintre, sculpteur et poète allemand, Kurt Schwitters, et date de 1932. On entend l'artiste déclamer a cappella de la poésie formée de sons primitifs, selon ses termes, à savoir des mots qui ne veulent rien dire, de pures inventions comme celles d'Elizabeth Fraser, par exemple :

Lanke trr gll
Pe pe pe pe pe
Ooka Ooka Ooka Ooka

Quand le morceau a commencé (« Fümms bö wö tää zää Uu, pögiff, kwii Ee »), Nanette a éclaté de rire en tapant dans les mains :

– Absolument savoureux ! a-t-elle roucoulé.

– On dirait un langage extraterrestre, a souri Isaac.

– C'est bizarre, a grimacé Célia.

Marlène boudait un peu, comme elle le fait parfois pour manifester sa réprobation.

– Vous n'aimez pas ? s'est inquiété Tom.

– Ce n'est pas de la musique, a-t-elle décrété.

– Non, a-t-il confirmé, ça ne prétend pas en être.

– Vraiment ? (Marlène était ravie.) C'est intéressant… Amusant, même.

– N'est-ce pas ? s'est émerveillée Nanette.

– J'adore, ai-je soupiré, extatique.

– Mais…

Nous nous sommes tous tournés vers papa mais il n'a pas poursuivi sa phrase. Sandrine a passé le bras sous le sien comme pour l'aider à ne pas tomber de sa chaise. Elle nous a souri à tous.

– C'est original, a-t-elle dit.

Quand tout le monde est parti, papa, Sandrine et moi avons débarrassé la table ensemble.

– Deux personnes n'ont pas mangé leur part de gâteau, a grogné papa.

– Ce sont les parts de maman et de Violette, l'ai-je détrompé.

– Vraiment ? Et qu'allons-nous en faire, maintenant ?

– Je vais y réfléchir. Tu peux les laisser à leur place pour le moment ?

– D'accord. (Naturellement, il a préféré changer de sujet.) Tu aimes tes cadeaux ?

– La plupart, ai-je répondu, sans plus de précision pour ne pas le vexer.

Aujourd'hui, trois mois plus tard, je vais payer mon manque d'honnêteté. J'ai beaucoup aimé me préparer au marathon, m'aidant du programme que Tom a établi pour moi. La première semaine s'est organisée ainsi :

Jour 1 : vingt minutes d'endurance puis huit fois une minute trente à un rythme rapide (presque à fond) avec une minute de récupération entre deux pointes de vitesse, puis encore dix minutes d'endurance.

Jour 2 : une heure d'endurance.

Jour 3 : vingt minutes d'endurance puis quinze minutes à un rythme plus soutenu (celui que je pourrais tenir sur une course de dix kilomètres) puis quinze minutes d'endurance.

Jour 4 : une heure cinquante d'endurance.

Et pendant les sept semaines suivantes, le rythme s'est intensifié. J'ai suivi un régime alimentaire strict, veillé à bien dormir, comme me l'a conseillé Tom. C'était une sorte de jeu.

Mais maintenant que je suis en tenue fluorescente dans une file d'attente, je regrette d'avoir laissé les choses aller si loin. Au pire, j'aurais dû faire semblant d'avoir la rubéole, ce matin, quitte à maculer tout mon corps de feutre rouge.

– Les baladeurs sont interdits ! m'annonce un membre de l'encadrement. Vous pouvez être disqualifiée. Selon la Fédération française d'athlétisme, la musique est un produit dopant, qui permet une amélioration de quinze pour cent de la performance et diminue de sept pour cent le besoin en oxygénation musculaire.

– Quoi ? dis-je, au désespoir.

– En gros, si vous écoutez une musique très rythmée, vous allez courir plus vite.

– J'avais compris. Mais je me fiche de gagner, moi ! je proteste. D'ailleurs j'écoute l'*Ursonate* de Kurt Schwitters, c'est très lent et ce n'est même pas vraiment de la musique.

Papa émet un rire nerveux et tend la main vers moi.

– Donne-le-moi, ma chérie.

Le membre de l'encadrement me regarde poser le Walkman dans la main de papa et il écarquille les yeux.

– Vous allez plutôt vous épargner un handicap, dit-il. Vous savez qu'il existe des baladeurs extrêmement légers, de nos jours ?

Il darde à papa un regard de reproche en posant la question, mais n'attend pas de réponse, il se dirige vers un casque plus sophistiqué. Sandrine passe le bras sous celui de papa comme pour l'empêcher de s'emporter. Elle craint sans doute qu'il n'aille donner un coup de poing dans la figure de cet inconnu qui l'a injustement jugé. Mamie se détourne pour ne pas être prise en flagrant délit d'hilarité.

– Isaac et Nanette t'attendront au dixième kilomètre, me rappelle-t-elle, Tom au vingtième, Marlène et Célia au trentième, et nous serons tous ici à ton arrivée.

– Je vais devoir tourner en rond, je grogne à son oreille.

– Au moins ce n'est pas dans le sens des aiguilles d'une montre.

– Hm, je bougonne.

– Tu as bien pris tes barres énergétiques ? s'enquiert papa.

Puis nous commençons à courir. Comme vous devez avoir pitié de moi, Violette… Je suis serrée dans la foule comme un cristal de glace dans une boule de neige trop tassée. Bientôt la boule fond, les groupes de coureurs s'espacent et les corps ruissellent de sueur. Des hommes aux mollets velus me dépassent en haletant d'un souffle rauque, semblable à ceux qu'éructent les joueurs de tennis. L'odeur de la transpiration me dégoûte. Autour de moi, je ne vois que des visages rougis par l'effort, des cheveux trempés de sueur, des couleurs fluorescentes, des bouches écumantes, au lieu des sites qui m'apaisent quand je cours seule. Je ne me rappelle pas ce que je fais ici.

Je n'ai jamais couru par goût des performances physiques, mais parce que j'y trouve une consolation – du moins dans les conditions que je choisis, celles que vous m'avez suggérées : en posant des musiques sur des décors, en laissant le vide se faire dans mon esprit. Rien de tout cela ne m'est permis aujourd'hui.

Au dixième kilomètre, quand j'aperçois Isaac et Nanette sur le bas-côté de la route, je dois refouler des larmes. Ils sont si près, si rassurants, mais je ne dois pas m'arrêter pour parler avec eux, je dois poursuivre cette course idiote dont le but ne m'intéresse pas. Ils agitent une bouteille d'eau vers moi. Je la saisis au passage, mais la bonté de leur sourire m'interdit de m'arrêter : j'aurais l'impression de les décevoir, si je décidais de rester auprès d'eux. Sans doute font-ils semblant d'être joyeux pour m'encourager, et moi, pour les remercier de cet effort, je dois faire semblant de partager leur feint enthousiasme. À croire que je deviens adulte…

Je rumine cette question pendant les dix kilomètres suivants, jusqu'à ce que Tom m'apparaisse dans un virage. Je le vois avant qu'il ne me repère dans la foule, de sorte que je surprends la tristesse sur son visage. Il tient contre sa jambe un panneau sur lequel je lis, à l'envers, « ELINA OOKA OOKA OOKA ! » mais il n'a pas le temps de le brandir à mon passage. Nous nous regardons d'un air hagard et, l'instant d'après, je suis déjà loin.

Quelques kilomètres plus loin, Marlène court à ma hauteur dans ses chaussures de pharmacie, en me tendant des madeleines par-dessus la banderole de sécurité.

– Je les ai faites pour toi.

– Si je les mets dans mes poches, elles vont s'écraser…

– Prends ce que tu peux…

– Je préférerais rester avec vous.

– Dis-toi que c'est la première et la dernière fois. Pense à ton père.

– C'est absurde.

– Laver chaque jour les mêmes carrelages ne l'est pas moins. Tu apprends la vie…

– Ça donne envie.

– Mais nous sommes là, nous serons là sur la ligne d'arrivée pour te dédommager. Pense à ça : il y a toujours des dédommagements.

– Deux personnes que j'aimais se sont détruites à leur corps défendant. Quel dédommagement est prévu pour ça ?

– Je n'ai pas de réponse à tes questions, Elina, mais je t'ai fait des madeleines.

Une de ses chaussures vole dix mètres en avant : à l'évidence, ce ne sont pas des chaussures de footing. Je me retourne pour lui faire signe, de ma main qui ne tient pas de madeleines. Je réfléchis à l'échange que je viens d'avoir avec elle et m'aperçois que plus rien ne me semble déplacé. Rien, à part le fait de courir sans musique avec un dossard.

Je cours de plus en plus mécaniquement. L'endorphine que sécrète mon corps me drogue littéralement. Je ne pense plus à rien, je me concentre sur la musique que produit ma respiration au rythme de la course. J'étends ma foulée, la raccourcis, la ralentis, l'accélère, l'étends à nouveau. J'écoute… Et je perçois des syllabes. Ce ne sont pas mes poumons qui les forment, d'ailleurs elles ne sont audibles qu'intérieurement, comme des acouphènes.

Mais je peux les reproduire, je peux les chanter à voix basse, en chœur avec mon cerveau, mes poumons et mes pieds ; nous sommes alors un sextuor presque silencieux. Notre partition comporte un frottement métronomique de baskets et une triple expiration assez discrète, brève et sèche mais colorée de syllabes. Non pas juste le « frotte-frotte » de mes semelles parallèle au « fff-fff-fff » de mon souffle, mais une série de consonnes et de voyelles. Dans cette série, je crois par moments reconnaître des mots existants, et parfois non, de la même manière que l'on peut distinguer un visage dans les volutes d'un nuage, ou n'y voir que moutonnements. Au gré de mon imagination, les sonorités peuvent sembler familières ou inédites, presque inquiétantes.

Je ne vois pas passer les dix derniers kilomètres. Je les passe à travailler ma mélodie et l'enchaînement de mes syllabes. Je considère ce chant bizarrement articulé comme l'hymne de ma volonté, cette volonté qui me permet de passer outre le lancinement dans ma hanche droite et de poursuivre ma route. Quand je passe la ligne d'arrivée, qui fut aussi la ligne de départ, papa, Sandrine, mamie, Tom, Nanette, Isaac, Marlène et Célia sautillent de joie et m'applaudissent.

– Ma petite fille a vraiment fait ça ? dit papa d'une voix aiguë, comme s'il allait pleurer.

– J'en serais incapable, déclare Sandrine, même si je me préparais pendant vingt ans.

– Tu sais ce qu'on se disait ? couine papa. Que l'année prochaine, on pourrait aller à New York. On t'inscrirait au marathon : le plus célèbre du monde ! Qu'en penses-tu ?

– Bouh, bouh, bouh ! s'esclaffe mamie. Laissez-la au moins reprendre son souffle, la pauvre petite chérie !

– Je ne suis pas essoufflée. Merci papa, mais je ne veux plus faire de marathon. Pas comme ça, je précise.

– C'est-à-dire ?

Papa cligne des yeux.

– La prochaine fois, je choisirai mon itinéraire, et je courrai seule.

Je ne précise pas que, seule, je ne le suis jamais vraiment. Quand je m'éloigne de mes amis, je suis en tête-à-tête avec vous, maman, Violette. Dans la solitude, je peux vous parler, personne ne me regarde bizarrement ni ne me rappelle que vous n'êtes plus là pour me répondre. D'ailleurs, si je me concentre, je peux me rappeler le timbre de vos voix avec une telle précision qu'il me semble les entendre vraiment. Alors nous sommes ensemble, en suspens dans l'infini. Ce sont nos moments privilégiés. Je ne vis pas que pour eux, mais ils me sont nécessaires autant qu'il m'est nécessaire de rire, de manger, de parler.

– Nous serons sur le bord de la route quand même, déclare Nanette.

– Tu nous diras où nous positionner, précise Marlène.

– Je penserai à soulever ma pancarte, cette fois, dit Tom…

– Tu es déçue par la course ? s'inquiète papa.

– Non.

Je n'ajoute rien : qu'y comprendrait-il ? S'il ne me connaît pas d'instinct, au bout de quinze ans, la notice ne lui serait d'aucun usage. Pas plus que si elle était rédigée dans une langue étrangère dont l'alphabet ne serait même pas le nôtre, disons… glagolitique, batak, runique ou que sais-je encore. Mais comme je lis de la tristesse dans son regard, je daigne prononcer quelques mots inutiles. J'ai cru comprendre que les êtres humains aimaient bien ça.

– Merci pour le cadeau, papa, c'était… une expérience.

Et comme tous me regardent, ma famille et mes amis, attendant une suite, des précisions, quelque chose de vraiment consistant, je lance, sur le même ton que Kurt Schwitters dans l'enregistrement crachotant de 1932, un long et mélodieux « Lanke trr gll ! ».

Ouvrage réalisé par
Cédric Cailhol Infographiste.
Reproduit et achevé d'imprimer
par l'Imprimerie France-Quercy à Mercuès
en mai 2016.

Dépôt légal : septembre 2016
N° d'impression : 60359/
ISBN : 978-2-8126-1109-4

Imprimé en France.